Karo ◆ Buch

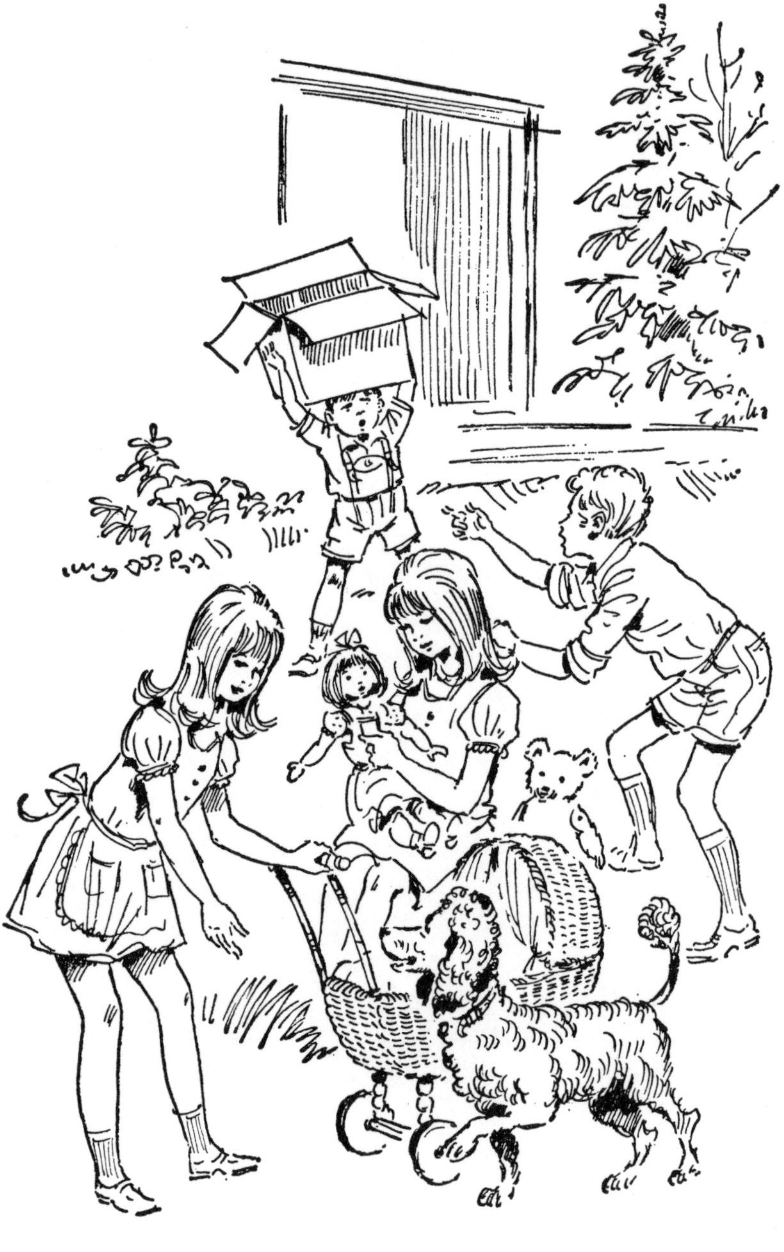

Käthe Theuermeister

Das erlauben sich nur Zwillinge

Neuer Jugendschriften-Verlag
Hannover

ISBN 3-483-0**1632**-5
Einbandbild: Ulrike Heyne, Herford · Textzeichnungen: Jochen Vaberg
Alle Rechte, einschließlich der für Bild und Ton, vom Verlag vorbehalten.
Printed in Germany, © 1988 Neuer Jugendschriften-Verlag, Hannover
Druck: R. Dohse & Sohn, 4800 Bielefeld

INHALTSVERZEICHNIS

Im neuen Haus	7
Die Jagd nach dem Glück	23
Abschied von Mucke	43
Die heimliche Nachtmusik	56
Die Versöhnung	76
Molli und Melli stiften Verwirrung	88
Neue Verwechslungen	101

Im neuen Haus

Nun wohnen Meinhardts schon zwei Tage in ihrem neuen Haus am Amselweg. Die Außenwände sind freilich noch unverputzt, denn das Mauerwerk muß noch ein wenig austrocknen. Im Hause ist es bereits recht wohnlich und heimelig. Die Meinhardts haben alle Gemütlichkeit und allen Frohsinn aus dem Mietshaus in der Rosenstraße mitgebracht. Überglücklich sind die Kinder. Und der Mutter kommt es ganz eigenartig vor, daß sie nun so viel Platz um sich hat. Der Vater ist stolz und pfeift vergnügt vor sich hin. Nur Mohrle kann sich an die neue Umgebung noch nicht gewöhnen. Er saust durch alle Räume, als suche er etwas und finde es nicht. Dann setzt er sich in sein Körbchen in der Diele und guckt ganz verdutzt drein.

„He, Mohrle!" muntert ihn Markus auf, „es wird nicht mehr Trübsal geblasen. Stell dich nicht so an. Nach dem Frühstück

geht's auf Entdeckungsreisen. Da bist du auch dabei. Oder?!"
Mohrle knurrt unlustig und steckt den Kopf zwischen die Pfoten. Er versteht das alles nicht.

Wo ist er eigentlich? Das ist doch nicht die kleine, dunkle Diele in der Rosenstraße.

Das sind nicht die gewohnten Räume mit der Dachschräge. Das einzige, was an der ganzen Sache noch stimmt, sind die geliebten Zweibeiner. Und das ist ihm ein Trost in seiner Verwirrung, die ganz erheblich ist...

Markus hat es ja nicht eilig. Er muß nicht befürchten, daß ihm einer den morgendlichen Waschplatz streitig macht. Dafür hat er diesmal gesorgt.

Er und Vater benutzen den Duschraum im Erdgeschoß — streng nach Zeiteinteilung. Die beiden Mädchen waschen sich im Obergeschoß im Bad und Manni steht ganz allein das Waschbecken im oberen WC zur Verfügung. Für die Mutter gelten freilich diese Maßnahmen nicht. Sie steht immer zuerst auf und kann es sich aussuchen, wo sie sich pflegen will.

„Ist das nicht endlich eine himmlische Ruhe bei uns, Meike?" fragt der Vater, als er die Küche betritt, „kein Zank, kein Streit um die Wasserquellen. Ich muß sagen — das macht mir das meiste Vergnügen!" Die Mutter lacht und horcht nach draußen.

Da rauscht in der Dusche das Wasser und auch aus dem Bad im Obergeschoß hört man ganz ähnliche Töne. Aber plötzlich knallt eine Tür.

Manni singt ein lustiges Lied.

Dagegen hat der Vater nichts, aber das Türschlagen, der Krach, das Durcheinander — das gefällt ihm weniger.

Schließlich baut keiner ein neues Haus, um es anschließend gleich einstürzen zu lassen.

Die Sonne steht groß und leuchtend über dem Vorgarten.

„Wir haben gar nicht daran gedacht", sagt der Vater, „daß wir auch eine Terrasse haben. Warum frühstücken wir eigentlich im Zimmer? Es fällt mir gar nicht so leicht, mich umzustellen. Ich bin immer noch Mieter und kein Hausbesitzer..."

„Dann geht es dir wie Mohrle, der findet sich auch noch nicht zurecht."

„Laß das nur unsere Sorge sein, Vati", lacht Markus, „Mohrle nehmen wir nachher mit nach draußen, damit er alles kennenlernt. Sicher sind auch Dieter und Petra mit ihrem Pudel Lissi draußen. Da hat er Gesellschaft und vergißt seinen Kummer."

„Wir wollen schnell machen, Molli", sagt Melli und kaut hastig an ihrem Brötchen, „damit wir endlich hinauskommen. Petra und Tina warten sicher längst auf uns."

„Es wird langsam und in Ruhe gefrühstückt!" Der Vater sieht auf seine Zwillinge. „Nach draußen kommt ihr noch früh genug. Es sind Ferien. Euch steht der ganze Tag zur Verfügung."

„Das schon, Vati", sagt Molli mit vollem Munde, „aber du glaubst gar nicht, wie schnell so ein Tag um ist. Kaum hat er angefangen — da ist es schon wieder Abend."

„Ihr scheint euch viel vorgenommen zu haben. Hoffentlich kommt nicht wieder Unsinn dabei heraus."

„Wo denkst du hin! Es gibt jetzt so viel Neues zu sehen, daß wir gar nicht auf Dummheiten kommen. Wir wollen hier erst mal alle Häuser und Straßen kennenlernen. Weißt du schon, daß die Straßen hier alle nach irgendwelchen Vögeln benannt sind?"

„Nein, das weiß ich noch nicht. Wir wohnen auf dem Amselweg..."

„Ja, dann gibt es noch einen Sperlingspfad!" ruft Melli, „und einen Meisenweg! Einen Drosselgraben und eine Finkenstraße gibt es auch. Das haben uns Tina und Petra erzählt. Ist das nicht lustig?"

„Ich finde es hübsch", sagt die Mutter, „hoffentlich besuchen uns auch alle die Vögel, um uns mit ihrem Konzert zu erfreuen!"

„Wenn wir erst genug Bäume und Sträucher in unserem Garten haben, kommen sie bestimmt", sagt Molli.

„Wir werden bald damit beginnen, unseren Garten schön anzulegen!"

Darauf freut sich der Papa sehr. Schon immer träumte er davon, einen eigenen Garten zu haben — hier Büsche zu pflanzen, dort Rosen zu züchten, ‚englischen' Rasen zu säen, ihn zu sprengen, zu schneiden... Wie ein Teppich soll er werden, nein, schöner noch, viel schöner.

„Dürfen wir dann gar nicht mehr spielen, weil wir im Garten helfen müssen?"

„Aber sicher. Ich lasse euch noch genug Zeit zum Spielen. Aber schließlich freut ihr euch doch auch, wenn wir einen schönen Garten haben?"

Das wollen sie alle und so nicken sie eifrig.

Die Mutter drückt dem Vater die Aktentasche unter den Arm und verabschiedet sich von ihm. Die Kinder begleiten ihren Vater bis zur Garage, denn ‚Mucke', das treue, alte Auto, muß nun nicht mehr bei jedem Wetter im Freien stehen.

Mucke, das alte Auto, freut sich, soweit sich ein Auto eben freuen kann. Endlich ein Dach über dem Kopf! Kein Regen, kein Frost, nicht Schnee, noch Reif. Wirklich, auch ein Automobil kann sich freuen! Dieser Ansicht ist auf jeden Fall der kleine Manni.

Aus dem Nachbarhaus kommen Dieter und Petra.

„Hallo!" ruft Dieter, „kommt ihr bald? Wir möchten gern Ball spielen...!"

„Ja, wir kommen gleich!" antwortet Markus, und dann sausen sie alle vier ins Haus, um das Frühstück so schnell wie möglich zu beenden.

Sie haben Mohrle ganz vergessen. Der hockt vor der Haustür und sieht sich um. Es ist ein ungewohnter Anblick für ihn. Statt der vierstöckigen Mietshäuser in der Rosenstraße bestaunt er die zweistöckigen Häuser auf dem erdigen Baugrund.

„Na komm, Mohrle!" ruft Petra, „komm, fang uns!" Mohrle guckt erst ein bißchen schief aus seinen schnellen Hundeaugen, dann springt er auf. Er jagt zu Petra, die hell aufkreischt. Dann fährt er aber Dieter an die Beine und saust wie der Blitz den Amselweg hinunter.

„He, wo willst du hin?" ruft Dieter hinterher.

„Der will sich seine neue Heimat genau ansehen", sagt Petra, „paß auf, gleich kommt er dort oben um die Häuser gefegt."

Aber Mohrle läßt sich nicht wieder sehen. Als Markus mit seinen Geschwistern aus dem Hause kommt, ist der Pudel vergessen. Auch die Meinhardtkinder denken nicht mehr an den vierbeinigen Spielkameraden.

Dieter trippelt am Ball.

„Wollen wir mal?" fragt er Markus.

„Klar, wer fünf Tore schießt, hat gewonnen."

„Ach Fußball", meint Molli verächtlich, „wir sehen uns lieber die Häuser unserer Straße an. Kommst du mit, Melli? Und du, Petra?"

Petra spielt zwar leidenschaftlich gern Fußball, aber schließlich ist sie ihren neuen Freundinnen einiges schuldig, und so geht sie mit Melli, Molli und dem kleinen Manni die Straße hinunter.

„Ob er da ist?" fragt Melli und schielt neugierig zum Neubau des Nachbarn.

„Ich glaube nicht", entgegnet Petra, „sonst stünde sein Auto hier. Meist kommt er erst gegen Abend, um nachzusehen, was die Handwerker geschafft haben. Nelli hat Angst vor ihm, weil er sie beschimpft hat. Hast du auch Angst vor ihm, Manni?"

„Nö", schüttelt Manni den Kopf, „ich bin doch ein Junge. Wenn er wieder mit uns zankt, kann er was erleben. Da zanke ich mit ihm..."

Die Mädchen lachen.

„Ach Manni, der steckt dich doch glatt in seine Westentasche", kichert Petra.

„Es ist am besten, wenn wir ihn gar nicht zur Kenntnis nehmen. Dann merkt er, daß wir ihn nicht mögen."

„Aber grüßen müssen wir ihn schon", gibt Molli zu bedenken, „Mutti sagt immer, Kinder müssen höflich sein!"

„Ja, das sagt meine Mutti auch", meint Petra, „nun ja, dann grüßen wir ihn eben. Aber das ist auch alles!"

Vor einem Neubau am oberen Amselweg bleiben sie stehen. Die Mischmaschine dreht sich ratternd.

„Wenn ich groß bin, will ich auch Häuser bauen", sagt Manni und blinzelt nach oben, wo die Maurer Stein auf Stein setzen.

„Ich denke, du willst eine Sandgrube haben", sagt Melli.

„Hm", Manni denkt nach. „Die kann ich ja außerdem haben."

„Eigentlich ist die Straße nicht schön", stellt Molli enttäuscht fest.

„Mein Vati sagt, wenn die Häuser erst alle fertig und bewohnt sind, dann sieht hier alles ganz anders und viel besser aus", erklärt Petra.

„Dann bekommen wir auch einen asphaltierten Fußweg."

„Das kann noch lange dauern", wendet Melli ein, „kommt, wir gehen wieder zurück. Bei uns ist es doch schöner."

Die Jungen spielen noch immer Fußball. Sie sind so eifrig bei der Sache, daß sie die Mädchen gar nicht sehen. Da kommen ihnen Nelli und Lissi entgegen gesprungen. Der weiße Pudel springt an Petra hoch und läßt sich kraulen.

„Wo ist denn euer Mohrle?" fragt Nelli, „will er nicht mit Lissi spielen?"

Molli und Melli sehen sich um.

„Den haben wir ganz vergessen", gesteht Molli, „sicher ist er bei Mutti." Petra sagt: „Ja, das kann sein. Dieter und ich haben ihn gesehen, als er dort unten um die Ecke rannte. Aber jetzt ist er sicher wieder daheim."

„Kommt er nicht zu Lissi?" fragt die kleine Nelli.

„Doch, wir holen ihn, und dann kann er mit Lissi spielen."

Molli und Melli laufen ins Haus. Aber die Mutter erklärt ihnen, daß sich Mohrle seit dem Frühstück nicht wieder hat sehen lassen.

„Er müßte doch bei Markus sein", setzt sie hinzu.

„Ja, wir wollen ihn fragen", und die Zwillinge sausen wieder auf die Straße hinaus.

„Wo ist Mohrle, Markus?"

Der Bruder unterbricht sein Spiel.

„Mohrle? Ist der nicht bei euch?"

„Aber nein — wir suchen ihn vergeblich."

„Der strolcht bestimmt in den Neubauten herum", meint Dieter. „Laßt ihm doch den Spaß. Los Markus, wir machen weiter."

Aber die Meinhardtkinder hängen zu sehr an ihrem vierbeinigen Freund, um sein Verschwinden leicht zu nehmen. Sie rennen los und rufen nach ihm. Aber Mohrle kommt nicht zum Vorschein.

„Er ist weg", sagt Manni. Ihm kommen fast die Tränen.

„Das verstehe ich nicht", wundert sich Molli. „Warum ist er weggelaufen? Ob's ihm hier nicht gefiel?"

Sie sehen sich ratlos an, schließlich sagt Markus: „Er hat sich bestimmt verlaufen. Los, kommt mit. Wir müssen ihn finden."

Dieter und Petra beteiligen sich an der Suche nach Mohrle. Nur Nelli bleibt mit Lissi zurück und sieht ihnen nach.

Während die Kinder den Hund suchen, jagt Mohrle durch die Straßen dieser Stadtrandsiedlung. Alle Wege sind ihm fremd, nicht eine ähnelt der alten Rosenstraße. Aber als er endlich an die Hauptstraße kommt, die mit ihrem lebhaften Verkehr die Siedlung teilt, bleibt er stehen. Er hält seinen Kopf schief und schnuppert in alle Himmelsrichtungen. Schließlich folgt er der Hauptstraße. Die wird sicher zur Rosenstraße führen. Mohrle rennt, so schnell ihn seine Beinchen tragen. Dabei achtet er nicht auf den Verkehr, nicht auf die zahllosen Autos, nicht auf die Busse und Mopedfahrer, die wie die Wilden stadteinwärts knattern. Mohrle fegt zwischen ihnen durch. Woher soll er auch wissen, was eine Verkehrsampel bedeutet? Und beinahe wäre es passiert: Bremsen kreischen auf. Um Schwanzeslänge hätte ein großer Mercedes den Hund erwischt...

Mohrle bleibt stehen und guckt ein kleines Mädchen an. Sie ähnelt der kleinen Nelli. Er hat Zutrauen zu ihr. Sie krault sein lockiges Fell, nimmt ihn auf den Arm und schmiegt ihren Kopf an seinen Hals.

Die kleine Pause ist ihm schon recht, denn er ist ganz außer Atem. Weit hängt ihm die Zunge aus dem Schnäuzchen. Aber da kommt die Mutter des Mädchens aus dem Bäckerladen und schimpft:

„Kind", sagt sie, „Kind, was soll das denn mit diesem fremden Hund. Wer weiß, ob er nicht krank ist, irgendein halbwilder Straßenköter ... Laß ihn laufen, pfui, pfui!"

Die kleine Susi ist traurig. Mohrle schmiegt sich eng an sie, aber dann läuft er davon. Er saust weiter die Hauptstraße entlang.

Und plötzlich erkennt Mohrle die Gegend, ja — jetzt muß sie kommen. Freudig bellend jagt er um die Ecke. Und da ist sie schon mit ihren altvertrauten Häusern und dem mit der Nummer 8.

Er hat Glück. Die Tür steht offen. Schnell springt er die

Treppe hinauf und setzt sich im vierten Stock vor die Dachwohnung.

Es ist still im Treppenhaus. Mohrle wartet ein Weilchen. Dann schließlich richtet er sich auf und kratzt an der Tür. Erst bleibt es still — aber plötzlich knarrt eine Tür in der Wohnung und eine Stimme sagt:

„Was ist das nur für ein Geräusch? Es muß von draußen kommen. Ob ich mal nachsehe?"

Schritte nähern sich. Mohrle kratzt für alle Fälle noch einmal, dann trippelt er zurück und wartet. In der Tür erscheint eine junge Frau.

„Ein Hund ist hier!" ruft sie zurück, „ein schwarzer Pudel. Sieh doch nur, Mutter!"

Eine ältere Frau schlurft heran, langsam und bedächtig.

„Was er nur will? Meinst du, daß er sich im Haus geirrt hat und gar nicht zu uns wollte?"

„Das kann schon sein. Was willst du denn, du kleiner Stromer?"

Mohrle ist verdutzt und enttäuscht zugleich. Wer sind denn diese Menschen? Das sind doch nicht Molli und Melli, nicht das Frauchen und nicht die Buben. Ist er etwa nicht in der Rosenstraße? Und ist das nicht die schräge Dachwohnung, in der er aufgewachsen ist? Er macht kehrt und schleicht mit hängenden Ohren die Treppe hinunter. Langsam schließt sich über ihm die Tür. An Frau Lastmanns Tür drückt er sich noch vorbei, aber im zweiten Stock bleibt er stehen. Auf der rechten Seite wohnt Frau Weiße. Die mochte er.

Er kratzt an ihrer Tür und wartet.

„Herrje, das Mohrle!" ruft Frau Weiße, die gerade die Diele putzt. „Wo kommst du denn her, alter Freund? Wo sind Molli und Melli? Du bist doch nicht etwa allein hier?"

Mohrle hält den Kopf schief und läßt sich trösten. Es tut doch gut, freundliche Worte zu hören, wenn man sich so einsam fühlt.

*

„Ich weiß nicht mehr, wo wir suchen sollen", klagt Molli. „Nirgends ist Mohrle zu finden. Er ist bestimmt von uns fortgelaufen, Melli."

„Aber warum denn nur? Wir waren doch immer lieb zu ihm."

„Mutti meinte, er würde sich in unserem neuen Haus nicht wohlfühlen", sagt nun Markus, „es sei ihm alles noch zu fremd. Er müßte sich erst eingewöhnen. So schnell geht das bei Tieren nicht."

„Ach was", Dieter lacht, „unsere Lissi hat sich gleich heimisch gefühlt. Sie hatte sofort vergessen, daß wir einmal in der Stadt gewohnt hatten."

„Ein Hund ist eben nicht wie der andere", meint Markus entschuldigend.

„Was machen wir denn bloß? Ich will Mohrle wieder haben", jammert Manni. Und nun rollen ihm die Tränen wirklich über die roten Wangen.

„Marks", sagt Molli, „wenn es Mohrle nicht auf dem Amselweg gefällt, da ist er vielleicht zur Rosenstraße zurückgelaufen!"

„Die findet er niemals. Die ist doch viel zu weit!" erwidert Petra.

„Doch, wir wollen zur Rosenstraße!" ruft Manni, „dort ist Mohrle bestimmt! Ich will meinen Mohrle wieder."

„Da müßt ihr mit dem Bus fahren", rät Dieter, „sonst schafft ihr das nicht. Wir kommen aber nicht mit. Wir warten hier auf euch."

Sie erwischen gerade noch den Bus, der stadteinwärts fährt. Nach zwölf Minuten steigen sie an der Haltestelle Rosenstraße aus.

„Also — ich sehe ihn noch nicht!" Molli schaut dahin und dorthin. „Seht ihr was?"

„Nein, aber vielleicht sitzt er im Haus und wartet auf uns."

„Na, da seid ihr ja wieder", lacht der Besitzer des Lebensmittelladens, „hattet ihr solche Sehnsucht nach der Rosenstraße?"

Er ist vor die Tür getreten, um beim Abladen des Lieferwagens behilflich zu sein.

„Wir suchen unsern Mohrle", erwidert Melli. „Haben Sie ihn gesehen, Herr Krause?"

„Euren Mohrle? Nein, den habe ich nicht gesehen."

Nun betreten die Kinder doch das Haus Rosenstraße 8. Auf der Treppe ist es ganz still. Irgendwo klappt eine Tür.

„Was nun?" Die Kinder schauen sich hilflos an.

„Ganz einfach", meint Markus, „jetzt gehen wir zu Frau Weiße und fragen sie."

„Gute Idee. Vielleicht kann sie uns etwas über Mohrle sagen."

Molli geht den Geschwistern voran — eine kleine Heldin, die ihr erstes Abenteuer bestehen will ...

Melli läutet an der Tür.

Und da hören sie den Ausreißer auch schon. Er kratzt an der Tür, und sein „Wau-Wau" ist nicht zu überhören.

Frau Weiße öffnet und freut sich, daß sie die Kinder wiedersieht. Das gibt ein großes Hallo, doch viel Zeit bleibt nicht. Die Geschwister wollen ein andermal zu einem richtigen Besuch kommen. Jetzt machen sie sich mit ihrem Ausreißer wieder auf den Heimweg.

„Du hast uns ja einen gewaltigen Schrecken eingejagt", schimpft Molli mit Mohrle. Der trippelt neben ihr her und guckt wie schuldbewußt auf den Boden.

„Das machst du nie wieder", sagt Melli, „du bist jetzt brav und bleibst schön bei uns am Amselweg!" Ob er das begreift?

*

„Steh auf, Janna", sagt Melli und hebt ihre Puppe aus dem Puppenwagen, „wir machen heute einen Besuch bei Tina. Du willst doch mit, nicht wahr?"

Janna hat noch ein Nachthemdchen an, obwohl es Nachmittag ist. Wenn sie mehr sagen könnte, als „Mama", so würde sie sich sicher darüber beklagen, daß sie in den letzten Wochen nichts anderes tragen durfte, als dieses Nachthemdchen. Doch ihre Puppenmutter Melli hatte so viel anderes zu tun, daß sie gar keine Zeit für ihr Kind gehabt hat.

Der Puppe Ulla geht es nicht viel anders. Auch sie hätte allen Grund zum Klagen. Molli hat sich um sie genauso wenig gekümmert wie Melli um Janna.

„Ich ziehe Ulla das blaue Kleid an", sagt Molli und legt ihre Puppe auf den Kindertisch.

„Dann ziehe ich Janna auch das blaue an", erwidert Melli, „denn unsere Puppen sollen genau wie wir auch immer die gleichen Kleider tragen. Es sind doch auch Zwillinge."

„Hm — nur meine Ulla hat braune Augen und Janna blaue, sonst könnten wir sie nämlich nicht auseinander halten."

Manni guckt zur Tür herein.

„Ach, ihr spielt mit den Puppen", meint er enttäuscht. „Ich dachte, ihr würdet mit auf die Straße kommen!"

„Nein, wir gehen zu Tina. Geh doch zu Nelli; die wartet sicher schon auf dich."

„Ja, das mache ich. Mit den Puppen ist's ja doch langweilig. Mit Nelli kann man sich wenigstens richtig unterhalten. Die ist prima."

„Na, dann lauf zu deiner Nelli", lacht Molli und zieht ihrer Puppe das blaue Kleidchen über.

Die Mutter staunt, als ihre Zwillinge mit dem Puppenwagen aus dem Mädchenzimmer kommen.

„Das ist recht, daß ihr einmal an eure Kinder denkt", freut sie sich. „Stellt euch nur vor, ich würde mich so wenig um euch kümmern, wie ihr das mit euren Kindern tut."

„Wir gehen zu Tina", sagt Melli, „wir wollen spielen und kochen."

„Es ist gut. Aber ihr hättet auch den Teddy mitnehmen können. Er ist bestimmt traurig, wenn ihr ihn daheim laßt."

Molli und Melli sehen sich betroffen an. Dann holt Molli ihren Teddy Burr und Melli ihren Teddy Brumm. Sie setzen beide vorn in den Puppenwagen und fahren hinüber zu Tina.

Tina hat vier Puppen und zwei Teddybären. Sie sitzen brav auf Bank und Stühlchen und warten auf den Besuch von Janna und Ulla.

Frau Artmann öffnet den Zwillingen die Tür und läßt sie mit den Puppenwagen in Tinas Zimmerchen fahren. Die Mädchen danken und grüßen freundlich.

„Du bist sicher Molena", sagt Tinas Mutter und gibt Melli die Hand.

„Nein, ich bin Melanie. Wir werden aber meistens verwechselt."

„Ja, das glaube ich gern", lacht Frau Artmann, und dann läßt sie die Kinder allein.

Tina sagt: „Unsere Kinder können jetzt miteinander spielen. Wir decken den Kaffeetisch. Denn wenn man Besuch bekommt, gibt es Kaffee und Kuchen. Ich habe aber nur Kakao."

„Den trinken wir gern", sagt Molli, „darf ich ihn anrühren?"

„Ja — ich baue das Geschirr auf."

Als die bunten Tassen und Teller auf dem Kindertisch stehen, holen sie die Puppen und setzten sie zwischen sich. Tina hat Brötchen in Scheiben geschnitten und mit Marmelade bestrichen. Das sollen die Obstkuchen sein.

Mollis Kakao schmeckt ausgezeichnet, und so essen sie fröhlich und mit bestem Appetit.

„Habt ihr auch noch andere Freundinnen?" fragt Tina.

„O ja", erwidert Melli, „meine beste Freundin heißt Dorit. Die anderen sind nur die zweitbesten."

„Meine beste heißt Britta", sagt Molli.

„Werden sie euch einmal besuchen?"

„Jetzt nicht. Sie sind nämlich verreist. Aber später kommen sie sicher mal hierher. Sie wollen doch unser neues Haus bewundern."

„Ich habe auch noch einige Freundinnen", sagt Tina. „Ich werde sie euch zeigen, wenn ihr in die neue Schule geht. Sicher kommt ihr in meine Klasse. Edith ist meine beste Freundin."

„Ist eure Lehrerin nett?" will Melli wissen.

„Wir haben einen Lehrer. Er heißt Herr Petersil. Er kann verflixt streng sein."

„Petersilie", kichert Molli, „das ist vielleicht ein ulkiger Name."

„Petersil heißt er. Was meinst du, wie er böse wird, wenn jemand Petersilie zu ihm sagt."

Molli und Melli lachen tüchtig, so lustig kommt ihnen der Name vor.

„Wenn er so streng ist, gehe ich lieber wieder in die alte

Schule. Da hat mir Fräulein Weidner nämlich prima gefallen", meint Melli dann.

„Ach, das ist zu weit vom Amselweg. Wir können uns den Herrn Petersilie ja mal ansehen. Vielleicht gefällt er uns doch", lacht Molli.

„Ach, hier seid ihr", sagt Ralf, der zur Tür hereinsieht. „Was macht ihr denn da?"

„Das siehst du doch! Wir haben eine Kaffeegesellschaft", erwidert Melli.

„Das ist nichts für mich." Ralf rümpft die Nase.

Tina schaut aus dem Fenster. Da entdeckt sie Petra mit dem Federballspiel. Aber sie schüttelt mit dem Kopf. Molli und Mellis Besuch ist ihr lieber. Aber Ralf ruft:

„Warte, ich spiele mit!" und schon ist er draußen.

Dann zeigt Tina den Zwillingen das Haus. Sie führt sie in ein großes Zimmer. Fast in der Mitte steht ein riesiger Flügel:

„Das ist unser Musikzimmer", erklärt Tina, „mein Vater ist Musiklehrer. Er hat in der Stadt eine Musikschule."

„Ich kann Melodica spielen", sagt Molli.

„Und ich Blockflöte", sagt Melli.

„Mein Vater hat mich Klavierspielen gelehrt", berichtet Tina, „als ich noch ganz klein war. Ralf kann es auch, aber noch lieber spielt er auf der Geige. Vati lehrt uns alles, was wir wollen."

Sie geht an den Flügel und schlägt ihn auf.

Molli und Melli sehen sich an. Die Tina kann ja noch viel besser spielen als ihre Mutti!

Kunststück, wenn man einen Musiklehrer als Vater hat.

„Ich weiß was!" ruft Molli, „ich hole meine Melodica und dann veranstalten wir ein Konzert. Die Puppen und Teddys hören zu. Sie sind das Publikum. Wollen wir?"

Tina und Melli sind gleich dabei. Rasch laufen Molli und Melli nach Hause und holen ihre Instrumente.

„Was wollen wir spielen?" fragt Tina.

„Wir können das Wiegenlied von Brahms", schlägt Molli vor.

„Das kann ich alles spielen!" Tina läßt ihre kleinen Hände

über die Tasten gleiten. „Wir spielen zuerst ‚Ein Männlein steht im Walde'."

„Das müssen wir aber auch dem Publikum ansagen", meint Molli. „Das weiß ja noch nicht, was es hören wird." Und dann wendet sie sich an die Puppen und Teddybären:

„Meine Damen und Herren — Sie hören jetzt das Kinderlied ‚Ein Männlein steht im Walde'."

Tina spielt ein paar lustige Einführungstakte, dann gibt sie den Zwillingen ein Zeichen. Sauber setzen Molli und Melli ein.

Frau Artmann horcht im Wohnzimmer erstaunt auf. Das klingt ja sehr hübsch.

„Darf ich zuhören?" fragt sie, während sie den Raum betritt.

„Aber ja, Mutti!" ruft Tina sofort, „setz dich dort zu dem anderen Publikum."

Molli und Melli macht es nichts aus, daß ihnen Frau Artmann zuhört. Sie sind nicht so schüchtern.

„Könnt ihr auch singen?" fragt sie dann.

„Ja", sagt Molli, „wir haben im Singen sogar eine Eins."

„Na, dann müßt ihr's aber gut können", lacht Tinas Mutter, „wollt ihr mir was vorsingen? Tina wird euch begleiten."

„Am liebsten singen wir Schlager", bekennt Melli.

Frau Artmann lacht: „Na also, dann fangt mal an!"

Wenn die Zwillinge anfangs vielleicht noch ein wenig schüchtern waren, so haben sie sich bald eingesungen. Kein Wunder also, daß sie Herrn Artmann, der plötzlich in der Tür steht, gar nicht gehört haben. Er setzt sich neben seine Frau und hört zu.

„Das habt ihr gut gemacht", lobt er, als sie fertig sind, „ihr seid ja wirklich musikalisch."

„Molli kann Melodica spielen!" ruft Tina, „und Melli Blockflöte. Ihre Mutter spielt auch Klavier und ihr Vater Geige."

„Sieh einer an, dann können wir ja Konzerte geben!" Herr Artmann lacht und dann denkt er nach. „Es gefällt mir, wie ihr singt. Ich möchte gern mit euren Eltern darüber reden. Sagt ihnen doch, daß ich heute abend mit meiner Frau einmal zu euch herüber kommen würde."

Nun sind Molli und Melli überrascht. Was würde wohl Herr Artmann von ihnen wollen? Sie sind ganz aufgeregt, als sie schließlich nach Hause kommen. Schnell berichten sie von dem bevorstehenden Besuch.

Nach dem Abendessen besuchen Herr Artmann und seine Frau Meinhardts in ihrem neuen Haus.

„Ihre Zwillinge haben echtes Talent", sagt er ohne Umschweife, „ich möchte ihre Stimmen gern ausbilden. Was meinen Sie dazu?"

Der Vater und die Mutter sehen sich an. Sie wissen wohl, daß Herr Artmann in einer Nebenstraße des Alexanderplatzes eine Musikschule betreibt. Er ist ein recht bekannter Musikpädagoge, und sicher werden die Stunden bei ihm nicht billig sein. Die Mädchen haben bisher ohne Unterricht gespielt und gesungen. Wozu sollte man jetzt Geld ausgeben für etwas, was nicht unbedingt notwendig ist? Die Mutter sagt schließlich:

„Wir danken Ihnen sehr, Herr Artmann. Ihr Angebot war freundlich. Wir wissen es zu schätzen. Aber ich muß Ihnen ganz ehrlich sagen, daß es uns zur Zeit nicht möglich ist, unserem beiden Töchtern solche Stunden zu ermöglichen. Wir sind mit der Rückzahlung der Darlehen für unser Haus noch auf viele Jahre hinaus angespannt. Da ist an Musikstunden für die Mädchen leider nicht zu denken."

Herr Artmann lächelt: „Natürlich verstehe ich das. Aber Sie haben mich mißverstanden, Frau Meinhardt. Vielleicht habe ich mich auch nicht richtig ausgedrückt. Wir sind nun Nachbarn, und ich hoffe, daß wir immer gut miteinander auskommen werden. Ich habe ganz einfach Spaß an der Sache, zumal Ihre Zwillinge wirklich talentiert sind. Eine Ausbildung wird sich lohnen. Ich möchte den Kindern die Stunden selbstverständlich umsonst geben; nicht in meiner Musikschule, sondern ganz zwanglos bei mir zu Hause. Die Kinder sollen auch nicht viel von ihrer Freizeit einbüßen und sich keineswegs überfordert fühlen. Wir können die Ausbildung über ein Jahr geschickt verteilen. Jede Woche zwei halbe Stunden. Das würde sicher genügen. So wie ich Ihre Töchter einschätze, werden sie schnell lernen und gewiß Freude daran haben."

„Aber das können wir doch nicht annehmen", wehrt der Vater ab. „Sie können Ihre Zeit doch nicht umsonst opfern..."

„Das ist kein Opfer für mich, sondern eine Freude. Wir wollen aber erst einmal die Mädchen selbst fragen, denn um sie geht es schließlich!"

Molli und Melli haben ganz aufgeregt zugehört. Und so sagen sie begeistert „ja".

„Willst du auch gleich mitmachen, Markus?" fragt Herr Artmann, „auf einen mehr kommt es wirklich nicht an."

Markus kann sich so schnell nicht entschließen. Ja, wenn man bei Herrn Artmann basteln könnte! Das wäre schon etwas anderes. Er spielt ja auch nur auf seinem Instrument, weil er es selbst zusammengebaut hat.

„Überleg es dir noch", sagt Herr Artmann freundlich, „du bist mir jederzeit willkommen."

„Und ich?" fragt Manni.

„Mit dir warten wir noch etwas", lacht Herr Artmann.

Dann wendet er sich wieder den Eltern zu.

„Es würde uns sehr freuen, wenn sie uns bald einmal besuchen könnten. Im Rahmen eines kleinen Hausmusikabends möchten wir die gute Nachbarschaft festigen."

Meinhardts bleiben nachdenklich zurück. Die Mutter will wohl nicht so recht an das musikalische Talent ihrer Zwillinge glauben. Die sind natürlich begeistert. „Paßt nur auf", ruft Melli, „bald sind wir Stars, und ihr könnt uns im Fernsehen bewundern!"

„Das hätte mir gerade noch gefehlt", unterbricht der Vater seine Tochter. „Ihr werdet so natürlich bleiben, wie ihr immer gewesen seid und die Musik nur zur Freude betreiben."

*

Die Jagd nach dem Glück

Nach dem Abendessen geht der Vater mit Markus in den Garten. Das heißt, auf das unfreundliche, braune Erdland hinter dem Hause, das einmal ein schöner Garten werden soll. Molli und Melli aber setzen sich mit ihren Puppen auf die Terrasse.

Manni tobt mit Mohrle durchs Haus.

„Was machst du denn im Keller, Mutti?" ruft er.

„Ich suche alles zusammen, was morgen die Müllwerker mitnehmen sollen. Alle Pappkartons müssen weg."

„Ich komme, Mutti, und helfe dir", ruft Manni. Mohrle springt hinter ihm her. Die Kellerräume sind groß und hell. Einer davon ist Markus' Bastelraum. Dort stehen ein alter Tisch, ein paar ausrangierte Stühle und ein Regal, in dem sich das Werkzeug türmt. Daneben liegen der Heizungskeller und der für die Vorräte. Für die Mutter gibt es noch einen Wasch- und Bügelraum. Sie hat im Kellergang schon Kartons und Altpapier, Wellpappe und Pappkästen bereitgestellt. Manni klemmt sich einiges unter den Arm und schafft es an den Straßenrand.

Im Garten sagt der Vater zu Markus: „Den Nutzgarten legen wir nach hinten. Es braucht niemand zu sehen, welchen Kohl wir anpflanzen. Vor die Beete setzen wir einige Beerensträucher. Und sonst säen wir Rasen."

„Vergiß Mannis Sandkiste nicht", meint Markus. „Und wir Großen wollten einen Platz zum Federballspielen und möglichst noch eine Bocciabahn."

„Ihr denkt wohl, uns stände ein ganzer Park zur Verfügung? Es ist ein ganz normaler Eigenheimgarten. Wir müssen den ganzen Platz so gut wie möglich einteilen, damit jeder zu seinem Recht kommt. Gib mal das Maß und den Faden her. Ich werde das alles vermessen und abstecken."

Molli und Melli hören nicht darauf, was der Vater und der große Bruder zu besprechen haben. Sie sitzen auf ihren Kinderstühlchen an der Seite der Terrasse.

„Nein, wir wollten dies Jahr nicht verreisen", sagt Melli gerade, „wissen Sie, wir haben ein neues Haus gebaut. Da bleiben wir daheim und gehen im Garten spazieren."

„Wir haben auch gebaut", erwidert Molli, „es ist ein schönes, großes Haus. Wozu soll man da verreisen? Ich kenne Leute, die haben ein noch größeres Haus und dazu einen ganz großen Park. Aber sie verreisen trotzdem."

„Ach, du meinst Kerstin", sagt Melli und fällt ganz aus der Rolle, die sie sich ausgedacht haben, „wenn sie wiederkommt, wird sie uns bestimmt besuchen. Sie hat es versprochen. Es war doch schön bei ihr, nicht wahr?"

„Weißt du, woran ich immer denke? An ihr schönes Puppenhaus. So eins müßten wir für unsere Puppen haben."

„Was denkst du, wie teuer das ist! Das kann Vati nie bezahlen. Jetzt müssen wir erst das Haus abzahlen, hat er gesagt. Und das dauert noch viele Jahre."

„Ich weiß ja", nickt Molli bekümmert, „aber schön wär's doch."

Markus hat sich nach seinen Schwestern umgedreht. Er hat ihre Unterhaltung gehört und muß lachen.

„Wünsche haben die", schüttelt er den Kopf, „als wenn es jetzt nichts Wichtigeres gäbe. Ein Puppenhaus! So eine Idee!"

Im Haus krakeelt Manni. Schließlich kommt er durchs Wohnzimmer auf die Terrasse. Er schleift einen mächtigen Pappkarton hinter sich her, in dem Mohrle hockt und laut bellt.

„Himmel, was soll das!" ruft Molli entsetzt, „wenn das die Mutti sieht! Wie kannst du mit dem Dreckding hier durchs Wohnzimmer kommen?"

„Dreckding! Dreckding!" protestiert der Kleine. „Das ist mein Auto, damit ihr Bescheid wißt. Raus, Mohrle, mach deinem Herrchen Platz!"

Er setzt sich in die Kiste und bewegt seine Arme, als würde er auf dem Nürburgring ein Rennen fahren.

Markus hat sich umgewandt. Er hat die Worte gehört und sieht den kleinen Bruder in dem großen Pappkarton. Und plötzlich hat er eine Idee. Er stößt seinen Spaten in die Erde und ist mit zwei Sätzen auf der Terrasse.

„Raus, Manni, schnell, ehe er kaputt geht. Mir ist etwas Tolles eingefallen."

„Was denn?" mault der Kleine. Ganz langsam krabbelt er aus dem Karton. Aber Markus gibt keine Antwort. Er rennt durchs Haus und die Kellertreppe hinunter zu seiner Mutter.

„Mutti, hast du noch mehr Pappkartons? Wirf keinen weg, ich kann sie alle gebrauchen."

„Was hast du denn nun wieder vor?" lacht sie. „Du willst doch nicht etwa eine neue Erfindung starten?"

„Doch Mutti, etwas ganz Nützliches. Ich stapele die Kartons in meinem Bastelkeller. Dort stören sie dich nicht. Wenn ich genügend beisammen habe, steigt die Überraschung. Manni hat schon einiges auf die Straße gestellt. Die hole ich mir alle wieder her. Und die der Nachbarn will ich auch haben."

Und schon saust er nach oben. Molli und Melli kommen ihm entgegen.

„Sag doch, was du vor hast, Marks", drängt Molli.

„Nachher, kommt jetzt mit. Ich brauche euch. Wir gehen zu Schäfers und zu Artmanns."

„Kann ich auch mit?" fragt Manni.

„Ja, komm auch mit. Du kannst auch mithelfen."

Frau Schäfer öffnet ihnen die Tür.

„Da kommt ja später Besuch", lacht sie, „aber ein paar Minuten dürft ihr schon noch mit Dieter und Petra sprechen. Nelli schläft schon, Manfred."

„Wir wollten zu Ihnen, Frau Schäfer", erklärt Markus und bringt seine Bitte vor.

„Gewiß habe ich noch Pappkartons", erwidert Frau Schäfer verwundert, „ich wollte morgen alles der Müllabfuhr mitgeben."

„Na, da sind wir ja noch rechtzeitig gekommen", atmet Markus erleichtert auf, „ich kann nämlich alle gebrauchen."

Dieter und Petra staunen nicht schlecht.

„Was wollt ihr denn mit den alten Kartons?" ruft Dieter. Markus lacht: „Ich will für Molli und Melli ein Puppenhaus bauen", erklärt er.

Da staunen die Mädchen nicht schlecht.

„O Marks!" jubelt Melli, „du bist doch der beste Bruder der Welt! Ein Puppenhaus!"

„Dann haben wir auch so eines wie Kerstin!" freut sich Molli.

„Es wird noch viel schöner", verspricht Markus, „laßt mich das nur machen. Das heißt — mithelfen müßt ihr schon. Um so eher wird es fertig."

„Und ich?" fragt Manni vorwurfsvoll, „bekomme ich nichts? Ich kann doch nicht mit einem Puppenhaus spielen."

Melli sagt schließlich: „Wir bauen dir ein Kasperletheater. Ist dir das recht?"

Und ob ihm das recht ist! Er hüpft von einem Bein auf das andere. So freut er sich.

Petra macht ein langes Gesicht. „Du hast für mich nie etwas gebastelt", mault sie, „das müßtest du doch auch können, wo doch unser Vati Ingenieur ist, Dieter."

„Ingenieur?" Markus reißt die Augen auf, „da muß er doch auch konstruieren und erfinden, nicht wahr?"

„Ja, das schon. Er baut Maschinen."

„Da muß ich mal mit ihm reden. Ich will nämlich auch Erfinder werden."

Frau Schäfer hat dem Gespräch lachend zugehört. Tüchtig ist der Markus schon, das muß sie sagen. Und daß er für seine Schwestern ein Puppenhaus basteln will, das findet sie sehr nett von ihm.

„Wir sollten für Petra auch ein Puppenhaus bauen", meint Molli.

„So viele Kartons gibt's ja gar nicht", wirft Melli ein.

„Wißt ihr was?" Markus hat schon wieder eine Idee, „morgen früh gehen wir durch die ganze Siedlung und gucken, was die Leute für die Müllabfuhr zurechtgestellt haben. Bestimmt sind Pappkartons dabei. Die Leute können sie ja in ihrer Ölheizung nicht mehr verbrennen!"

Auch Frau Artmann hat einige Kartons für die Kinder, und so verspricht das Puppenhaus für Molli und Melli schön und geräumig zu werden.

Die Mutter schlägt die Hände über dem Kopf zusammen, als die Kinder schwerbeladen wieder zurückkommen.

Am anderen Morgen gehen sie alle vier aufmerksam durch die Straßen. Was steht da nicht alles vor den Häusern! Alte Möbel und Herde, denn an diesem Morgen nimmt der Müllwagen Sperrgut mit, Hausrat und ganze Säcke voll Knüllpapier, Lumpen und natürlich auch Pappkartons — in allen Größen!

„Na, was sucht ihr denn da?" ruft eine Frauenstimme aus einem der Häuser.

Markus tritt näher und erklärt der Frau, warum sie hier sind.

„Ach so ist das", meint sie. „Nehmt euch nur, was ihr braucht."

„Ich habe noch zwei Stühlchen und ein Tischchen für euer Puppenhaus", sagt eine andere Frau, die die Kinder beobachtet, „wenn ihr das wollt, hole ich es vom Speicher."

Am Nachmittag kommen Dieter, Petra, Tina und Ralf. Alle wollen sie mithelfen und für alle hat Markus Arbeit. In einem großen, noch leeren Kellerraum will Markus das Haus zusammenbauen.

„Wie willst du denn die Wände zusammenhalten?" fragt Dieter, „mit Nägeln?"

„Unsinn! Mit Leim natürlich."

„Und wo ist welcher?"

Molli und Melli laufen in den Bastelraum und holen den Leimtopf.

„Der soll reichen?" Skeptisch prüft Dieter den halbvollen Topf.

„Nein, der reicht nicht. Wir müssen noch Leim dazukaufen!" Markus denkt nach. Dann sagt er: „Ich habe noch drei Mark Taschengeld. Dafür kaufen wir Leim..."

„Ich habe noch fünfzig Pfennige", wirft Molli ein, „die gebe ich dazu!"

„Und ich noch sechzig. Die kannst du auch haben, Marks", sagt Melli.

„Na also. Und wo holen wir den Leim?"

„An der Ecke Haupt- und Richterstraße ist ein Schreiner", erklärt Ralf, „der kann uns sicher Leim verkaufen."

Ralf und Tina machen sich auf den Weg. Dieter und die Mädchen helfen beim Zuschneiden der dicken Pappwände. So geht die Arbeit schnell voran. Mohrle springt zwischen den Kartons und Kästen umher. Aber die Kinder beachten ihn kaum. Sie sehen erst auf, als die Mutter kommt.

„Ich habe noch Tapetenreste von unserem Haus übrig. Wollt ihr euer Puppenhaus damit bekleben?" fragt sie.

„Das ist ja toll, Mutti!" jubelt Melli. „Dann sieht es wirklich wie ein richtiges Haus aus. Wie eine Villa!"

„Bekommt mein Kasperletheater auch Tapeten?" fragt Manni.

„Klar, man braucht doch nicht zu sehen, daß wir es nur aus Kartons gebaut haben. Es soll außen ganz bunt werden."

Schon kommen Ralf und Tina mit dem Leim zurück. Markus baut die Kästen über- und nebeneinander, schneidet Fenster und Türen hinein und setzt zuletzt ein schräges Dach darauf.

„Das Haus ist ja noch viel größer als Kerstins Puppenhaus!" ruft Molli, „da können wir direkt 'reingehen. Sieh nur, Melli, es hat vier Zimmer."

„Das große ist der Wohnraum, das kleine die Küche."

„Hier ist das Bad", sagt Markus, „und dort die Küche. Und das hier ist das Schlafzimmer."

Molli und Melli freuen sich wie die Schneekönige.

„Wenn morgen der Leim trocken ist, klebe ich die Tapeten an. Das Dach kommt zuletzt dran."

„Wir haben aber keine Möbel für unser Puppenhaus", meint Tina. Aber Markus weiß auch jetzt Rat.

„Die basteln wir aus unseren Pappabfällen. Ich schneide sie zu und ihr könnt sie zusammenleimen."

„Und wann machst du mein Kasperletheater?" fragt Manni.

„Wenn ich das Puppenhaus fertig habe."

„Habt ihr denn Kasperlepuppen?" will Petra wissen.

„Nein, die müssen wir uns auch selber basteln."

„Wir brauchen zuerst den Kasper", sagt Molli, „und dann einen Schutzmann, den Vater und natürlich die Mutter."

„Und eine Großmutter und zwei Kinder!" ruft Petra.

„Was wollen wir denn für ein Kasperlestück spielen?" fragt Melli. Keiner weiß eine Antwort.

„Herr Wilhelm muß ein Theaterstück schreiben", sagt Molli, „der kann das bestimmt!"

„Herr Wilhelm ist mit Tante Melanie in die Ferien gefahren", sagt Melli enttäuscht.

„Da schreibe ich eben selbst was!" Markus traut sich auch das zu. „Ich muß nur mal nachdenken."

„Wenn wir dann ein richtiges Kasperletheater haben, können wir auch die anderen Kinder einladen", schlägt Molli vor.

„Ja, das machen wir. Ohne Publikum macht das doch gar keinen Spaß!"

„Es ist aber mein Kasperletheater", meldet sich Manni zu Wort. „Das habt ihr mir versprochen."

„Aber ja, wir nehmen es dir ja nicht weg."

Und jetzt geht dem guten Markus ein Licht auf.

„Ich hab's, Freunde!" ruft er ganz begeistert. „Ich schreibe ein Theaterstück, in dem unser Auto Mucke vorkommt. Ja — so will ich es machen. Der Kasper erfindet ein Auto, das nie kaputt geht!"

„Na", meint Molli, „ohne Erfindungen geht es bei dir wohl

nicht, was? Ich glaubte, wir würden den Teufel erleben, die Hexe... Und nun geht das wieder mit den Erfindungen los!"

„Dir kann man es wohl nie recht machen?" fragt Markus ein wenig enttäuscht. „Jeder hat eben seine Vorzüge, nicht? Ihr seid musikalische Wunderkinder und ich ein Erfinder und Entdecker. Wartet nur ab, eines Tages werdet ihr auf euren Bruder noch mal mächtig stolz sein!"

Mohrle streicht gelangweilt um das Puppenhaus und die vielen Pappreste. Er schnüffelt am Leimtopf. Für ihn bleibt wohl nichts übrig. Da werden ein Haus gebaut und ein Theater, aber er, der Hund, geht leer aus. Am liebsten möchte Mohrle ganz laut bellen. Seit man im neuen Haus wohnt, fühlt er sich sehr vernachlässigt.

Wirklich, die Kinder haben ihren vierbeinigen Freund mal wieder völlig vergessen.

Erst nach dem Abendessen sagt Melli: „Wo steckt denn eigentlich Mohrle?" Auf dem Flur entdeckt sie den Freßnapf; das Futter hat Mohrle nicht angerührt. „O weh", klagt sie, „unser Hund ist bestimmt wieder in die Rosenstraße gelaufen. Vati, willst du nicht schnell mit dem Auto hinfahren — bitte!"

„Wir wollen uns erst mal im Haus umsehen..." Und das ist auch gut so, denn Mohrle hockt im Keller, noch immer vor dem Puppenhaus.

※

In den nächsten Tagen haben die Kinder noch viel zu tun. Markus und Dieter bekleben das Puppenhaus mit Tapetenresten. Und Ralf hilft ihnen dabei. Die Mädchen aber nähen unter den kritischen Augen der Mutter die Kleider für die Kasperlepuppen. Die Mutter hat Lumpen fest in alte Nylonstrümpfe gepreßt und ziert diese Köpfe nun mit Augen, Nase und Mund. Der Kasper bekommt eine extra lange Nase aus rotem Filz und eine Zipfelmütze, für die Mannis zerrissene Söckchen herhalten müssen.

„Fein", sagt Manni schließlich kritisch, „aber was nützen mir die Puppen, wenn ich noch kein Kasperletheater habe?"

„Sei nicht so ungeduldig", meint Markus, wobei er das Dach auf das Puppenhaus leimt, „wenn wir das Haus für die Zwillinge fertig haben, kommt dein Kasperletheater dran. Das geht bei mir ruckzuck!"

Am Nachmittag schleppt Dieter einen neuen großen Pappkarton an. Er läßt ihn zur Kellertreppe herunterpoltern und ruft: „Hier, was ich mitgebracht habe! Wir haben heute früh ein Schränkchen bekommen. Mutti hat es bei einem Versandhaus bestellt. Paßt der Karton nicht gut für Mannis Kasperletheater?" Der Karton ist so hoch, daß Molli und Melli bequem 'reinpassen.

„Hurra!" schreit Manni. „Das gibt ein feines Kasperletheater!"

Markus sagt fachkundig: „Der kann bleiben, wie er ist. Ich schneide nur ein breites Fenster hinein. Den können wir heute noch bekleben."

„Ich habe noch ein Stück blauen Stoff. Davon mache ich euch den Vorhang für die Bühne", sagt die Mutter. Auch sie hat an diesen Vorbereitungen viel Freude.

So wird Mannis Theater noch am Abend fertig. Aus Pappresten hat Markus den ‚Mucke' gebastelt. Er steht recht wacklig auf seinen Papprädern.

Der Vater sagt: „Nur gut, daß wir nicht mit ihm fahren müssen. Er brächte uns keine fünf Meter weit."

„Na, unser Mucke ist auch nicht mehr der Beste", erwidert Markus. „Immer wieder hast du Ärger mit ihm."

„Das läßt sich eben nicht ändern", erklärt der Vater nicht gerade begeistert. „Dafür wohnen wir jetzt im eigenen Haus. Und das ist auch etwas wert. Man kann nicht alles auf einmal haben."

Am anderen Morgen bittet Markus: „Vati, kannst du mir nicht etwas früher als sonst mein Taschengeld geben? Ich möchte noch einiges für das Kasperletheater dazu kaufen. In der Stadt bekomme ich auch sicher ein kleines Buch über Kasperlespiele..."

„Ich denke, du wolltest selbst etwas schreiben?"

„Ja, das schon, aber ein Stück ist doch ein bißchen wenig."

Das sieht der Vater ein, und so gibt er Markus das Taschengeld schon eine Woche früher. Die Kinder winken ihm, wie jeden Morgen, nach, als er das Haus verläßt. Mucke braucht heute wieder einen langen Anlauf, bis er anspringt, dann knattert er bis zur Ecke und bleibt wieder stehen.

Markus mault: „Da haben wir's. Mucke ist wirklich bloß noch gut für den Schrottplatz. Ich schäme mich vor den anderen Kindern hier."

„Vati wird schon mit ihm zurechtkommen", tröstet die Mutter. Aber sie glaubt selbst nicht ganz daran.

„Ich fahre jetzt mit Dieter in die Stadt, Mutti. Brauchst du etwas?"

„Nein, Markus. Sei bitte pünktlich zum Essen wieder da." Er nickt und läuft zu Dieter hinüber. Molli und Melli räumen den Frühstückstisch ab. Manni hat die Kasperlepuppen auf die Terrasse gesetzt und unterhält sich mit ihnen. Mohrle hört ihm mit schiefem Kopfe zu.

„Mutti, wir möchten zu Tina und Petra", sagt Melli nach einer Weile, „dürfen wir gehen?"

Die Mutter überlegt kurz. Nein, sie braucht nichts mehr. Die Zwillinge können zu den Freundinnen gehen. Aber plötzlich fällt ihr doch etwas ein.

„Du liebe Zeit! Heute ist ja der fünfzehnte! Ich wollte Vati das Geld für den Schreiner mitgeben. Ich hatte dem Handwerker versprochen, die letzte Rate für seine Arbeit heute zu bezahlen. Markus hätte sie auch mitnehmen können. Wie ärgerlich, nun muß ich selbst in die Stadt fahren."

„Dürfen wir mit, Mutti?" fragt Molli sofort.

„Ich will auch mit!" ruft Manni.

„Nein, nein, ihr bleibt hier. Das kostet zuviel Fahrgeld. Ich bin auch gleich wieder da. Ich halte mich nirgends auf. Ich hole nur das Geld und fahre dann sofort los."

Die Mutter eilt in das Schlafzimmer, wo sie ihr Geld für die laufenden Bezahlungen aufbewahrt.

Melli sagt: „Gehen wir nun zu Tina oder bleiben wir hier, bis Mutti wiederkommt?"

„Bleibt doch hier", bittet der Kleine, „ich mag nicht so allein bleiben. Tina und Petra können doch zu uns kommen."

„Ja, ich hole sie!" ruft Molli und will hinauslaufen. Aber da kommt die Mutter zurück. Eilig hastet sie die Treppe herunter. Da verfehlt sie die letzte Stufe und knickt mit dem Fuß um.

„Auweh", sagt sie erschrocken und sinkt in die Knie.

„Mutti, was ist denn?" rufen die Mädchen erschrocken, „hast du dir weh getan?"

„Ich glaube schon!" Sie richtet sich nur mühsam auf und greift nach dem rechten Fuß. „Mein Gott, hoffentlich habe ich mich nicht ernsthaft verletzt. Das hätte mir gerade noch gefehlt."

Sie versucht aufzutreten, aber es geht nicht. Ratlos stehen die Kinder dabei.

„Jetzt kann ich nicht in die Stadt fahren", sagt sie betrübt. „Es ist mir wirklich peinlich. Ich hatte Herrn Schmidt fest versprochen, die restliche Rate heute zu bezahlen."

„Wir könnten dir den Weg doch abnehmen?" meint Melli zaghaft.

„Ihr? Kinder, was denkt ihr?! Es handelt sich um 315 Mark! Das ist viel Geld. Wenn ihr es verlieren würdet..."

„Aber Mutti, wir verlieren es bestimmt nicht. Herr Schmidt wohnt in der Johannesstraße. Du weißt doch, daß wir schon einmal bei ihm waren, als er mit den Türen so gebummelt hat."

Die Mutter lächelt. Ja, daß es damals auf dem Bau weiterging, hatten sie den Zwillingen zu verdanken. Nicht zuletzt auch Markus.

Sie versucht noch einmal, sich fest aufzustellen. Aber es hat wirklich keinen Zweck. Der Knöchel beginnt allmählich dick zu werden. Das kann sie deutlich erkennen.

„Gut", sagt sie nach einer Weile, „wir wollen es riskieren. Molli, hole einen Umschlag aus Vatis Schreibtisch und Melli bringt aus dem Nähkasten eine Stecknadel mit."

„Es sind 320 Mark", sagt die Mutter und steckt die Scheine in den Umschlag. „Ich bekomme fünf Mark wieder und außerdem eine Quittung über 315 Mark. Wem soll ich das Geld anvertrauen?"

„Mir!" rufen sie alle beide.

„Ich werde es auslosen", die Mutter hält den Umschlag hinter den Rücken und nimmt ihn von einer Hand in die andere, „wo ist er?"

„Links!" ruft Molli.

„Rechts!" lacht Melli.

Molli hat richtig geraten. Die Mutter steckt den Umschlag mit dem Geld unter das Oberteil von Mollis Kleid. Mit einer Sicherheitsnadel sorgt sie für den nötigen Halt.

„Verlieren kannst du ihn auf keinen Fall", sagt sie. „Seid aber trotzdem schön vorsichtig, und haltet euch nirgends auf. Hier ist das Geld für den Omnibus, und vergeßt die Quittung nicht."

„Kann ich auch mit?" fragt Manni.

„Nein, du bleibst bei mir, Manni. Ich brauche dich. Du mußt mir ein bißchen helfen, weil ich nicht richtig auftreten kann."

Das tut Manni gern. Und so bleibt er daheim bei der Mutter. Molli und Melli machen sich auf den Weg. Es ist ein windiger Tag. Staub wirbelt auf und bildet kleine Wolken und Wirbel.

„Weißt du was?" sagt Melli plötzlich, „wir könnten doch zum Schreiner laufen. So weit ist das bis zur Johannesstraße gar nicht. So könnten wir das Fahrgeld sparen!"

Damit ist Molli einverstanden. Sie halten sich nirgends auf, gehen schnell und kommen wohlbehalten in der Johannesstraße an. Herr Schmidt lacht, als er die Zwillinge sieht. Er weiß noch genau, wie sie ihm damals ins Gewissen geredet haben.

Molli holt den Umschlag aus ihrem Versteck.

„Na, das ist ja praktisch", lacht Meister Schmidt.

Er schreibt eine Quittung aus und steckt sie mit einem Fünfmarkschein in den Umschlag zurück.

„Steck ihn nur wieder fest an dein Kleid", sagt er. „Die Quittung ist wichtig für euren Vater."

Das erledigt Molli, und bald verlassen die Zwillinge die Schreinerwerkstatt.

„Wollen wir noch auf einen Sprung zu Tante Molena gehen", fragt Melli, „sie wohnt doch hier in der Nähe."

„Ja, wir müssen sie fragen, warum sie uns noch nicht in unserem neuen Haus besucht hat."

Die Tante hat — wie immer — viel zu tun. Aber sie freut sich über den Besuch ihrer Nichten. Molli und Melli erzählen, warum sie für die Mutter die Rechnung bezahlt haben. „Sie hat sich den Fuß vertreten", berichten sie.

„O je", sagt die Tante, „das ist eine böse Sache, hoffentlich kann sie bald wieder richtig laufen, denn ohne Mutti geht es doch nun einmal nicht."

„Wann kommst du denn zu uns, Tantchen?" fragt Molli. „Es ist so schön bei uns. Markus hat für Manni ein Kasperletheater gebaut. Da kannst du zusehen, wenn wir spielen."

„Ich kann euch nichts versprechen, aber sobald ich Zeit habe, erscheine ich."

„Tantchen, was glaubst du wohl?" sprudelt Melli los, „wir bekommen jetzt Gesangsunterricht bei Herrn Artmann..."

„Wer ist denn das?"

„Unser Nachbar!" Und dann erzählen sie abwechselnd und lautstark, daß die Sätze nur so sprudeln.

„Na, dann werdet ihr wohl bald berühmt werden", lacht Tante Molena.

„Nein, das will Vati nicht, und ich glaube, das ist auch nicht schön", meint Molli, „aber singen lernen kann man trotzdem, nicht wahr?"

Das meint Tante Molena auch, und da sie noch viel zu tun hat, verabschiedet sie die Nichten bald. So machen Molli und Melli sich auf den Heimweg. Sie bummeln die Hauptstraße hinunter, überqueren den lebhaften Alexanderplatz, wo sie tüchtig auf den Verkehr achten müssen, und laufen schließlich weiter.

„Kaufen Sie Lose!" ruft ein Mann an einer Straßenecke, „die letzten Lose! Unterstützen Sie das Hilfswerk für die Kinder in Afrika! Zehn Autos sind zu gewinnen und noch vieles mehr! Das Los kostet nur zwei Mark!"

Er hat einen kleinen Stand aufgebaut. Aufgerissene Lose häufen sich zu seinen Füßen. Viele Leute hasten vorbei, andere kaufen ein, zwei Lose, die sie achtlos wegwerfen, wenn ‚Niete' darauf steht.

„Man gewinnt ja doch nichts", meckert ein Mann im Vorbeigehen und wirft einen unfreundlichen Blick auf den Losverkäufer. Molli und Melli bleiben ein Weilchen interessiert stehen und gucken zu.

„Na, wollt ihr auch ein Los haben?" fragt der Mann.
Sie schütteln den Kopf, aber sie rühren sich nicht. Ein junger Mann legt zwei Mark auf den Tisch. Er reißt den Umschlag auf und sagt lachend:
„Hier steht 'ne Nummer drauf: 5837. Was bekomme ich da?"
Der Losverkäufer erwidert: „Das weiß ich nicht. Aber wenn eine Nummer darauf steht, haben Sie auch etwas gewonnen. Vielleicht gibt's sogar ein Auto? Heben Sie das Los nur gut auf. Übermorgen werden die Nummern in der Zeitung aufgerufen."
Der junge Mann steckt das Los ein und läuft weiter.
Melli sagt: „Du Molli, wollen wir auch ein Los kaufen? Vielleicht gewinnen wir ein Auto für Vati."
„Wir haben doch kein Geld. Und das eingesparte Busgeld langt nicht."
„Doch, wir haben fünf Mark von Herrn Schmidt bekommen, dafür können wir ein Los kaufen."
„Aber Mutti wird schimpfen!"
„Wenn wir ein Auto gewonnen haben, schimpft sie bestimmt nicht."
Sie gehen in den nächsten Hausflur und Molli holt den Umschlag aus ihrem Kleid. Dann gehen sie zu dem Losverkäufer zurück.
„Wir möchten auch ein Los", sagt Molli.
„Nimm dir eins!" Der Mann hält ihr den Kasten hin, und Molli holt sich einen Umschlag heraus.
„Willst du es nicht aufmachen?" fragt er.
Molli schüttelt den Kopf, nimmt die drei Mark und läuft mit Melli davon. An der nächsten Ecke bleiben sie stehen.
„Mach es doch auf, Molli. Vielleicht haben wir auch eine Losnummer darauf", drängt Melli.
Auf dem Umschlag ist ein hübsches Bild. Es zeigt einen kleinen Negerjungen unter einer Palme. Im Hintergrund ist ein Negerdorf. Molli reißt den Umschlag auf.
„Oh, es ist wirklich eine Nummer darauf", flüstert Melli atemlos, „und was für eine tolle!"
„131313", liest Molli vor. „Aber damit gewinnt man bestimmt kein Auto. Na, jedenfalls ist es besser als eine Niete."

Sie einigen sich, daß Melli das Los und Molli die Quittung und die drei Mark nimmt. Melli steckt das Los in die kleine Ziertasche ihres Rockes.

Tina und Petra kommen ihnen entgegengelaufen. Der weiße Pudel Lissi begleitet sie bellend. Molli reißt aus und Melli rennt hinterher. Petra und Tina lachen, daß ihnen die Tränen aus den Augen kullern. Nelli ruft: „Lissi beißt euch doch nicht. Lauft doch nicht fort! Wartet doch!"

Melli merkt nicht, daß das Los aus der Tasche rutscht. Der Wind ergreift es und fegt es gegen den Rinnstein.

„Kommt ihr wieder?" ruft Petra den Zwillingen nach.

„Ja, gleich. Wir wollen nur Mutti etwas abgeben!" schreit Molli zurück.

Die Mutter ist froh, daß die Mädchen wieder da sind. Sie sitzt auf dem Küchenstuhl und hat das Bein hochgelegt. Manni hat ihr fleißig Umschläge gemacht.

„Geht es wieder besser, Mutti?" fragt Melli.

„Ja, viel besser. Es war gut, daß ich nicht gelaufen bin und Umschläge gemacht habe. Der Fuß ist nicht dicker geworden. Und nun zu euch! Habt ihr alles brav erledigt?"

Molli nimmt den Umschlag und gibt der Mutter die Quittung.

„Ja, sie ist in Ordnung!" Aber da stutzt sie. Wieso legt Molli nur drei Mark auf den Tisch?

„Ich bekomme fünf Mark zurück, Molli. Wo ist das andere Geld?" Da geben beide zu, daß sie dafür ein Los gekauft haben.

„Aber Molli, Melli, wie konntet ihr das machen! Das ist doch hinausgeworfenes Geld! Wo wir jetzt jeden Pfennig gebrauchen können! Ich bin euch wirklich böse!" sagt die Mutter.

„Aber Mutti, es ist ja keine Niete!" ruft Melli, „es steht die Nummer 131313 darauf. Vielleicht haben wir ein Auto gewonnen!"

„Ach Melli, das glaubst du doch selbst nicht. Wenn wir einen Kochtopf oder ein Buch erhalten, heißt es auch, wir haben gewonnen. Nein, das hättet ihr nicht tun dürfen. Wo ist denn das Los?"

„Ich habe es hier, Mutti." Melli greift in ihre Tasche und wird blaß. Erst findet sie keine Worte. Schließlich stottert sie kläglich: „Ich habe es nicht mehr. Ich habe es verloren!"

„Na also, auch das noch. Nun ja, auf einen Kochtopf kann ich verzichten, und zum Lesen komme ich sowieso nicht. Die zwei Mark hättet ihr ebensogut zum Fenster hinauswerfen können..."

„Es war für die armen Kinder in Afrika, Mutti. Die bekommen das Geld!"

„Das ist wenigstens ein Trost!" gibt die Mutter zu.

„Als wir in den Amselweg einbogen, hatte ich es noch", erinnert sich Melli. „Ich kann es nur verloren haben, als uns Lissi hinterherrannte. Komm Molli, es liegt bestimmt draußen auf der Straße. Laß uns schnell suchen!"

Manni will auch mit, aber die Mutter hält ihn zurück. Sie braucht ihren kleinen Samariter. Bei dem Wind, meint sie, finden die Mädchen das Stück Papier ohnehin nicht.

Aber Nelli hat das Los tatsächlich gefunden, und zwar, als Molli und Melli schon bei der Mutter im Haus waren. Sie hebt es auf und betrachtet sich das hübsche, bunte Bild.

„Pfui, was hast du da?" ruft Petra erschrocken, „du sollst doch nichts von der Straße aufheben. Das ist schmutzig, da kannst du krank werden. Schnell, wirf es weg! Oder ich rufe Mutti!" Und so wirft Nelli das Papier wieder weg. Ein Windstoß ergreift es und trägt es über die Straße bis zum Neubau hinüber. Dort schwebt es taumelnd über Steinen und Zementsäcken, als Molli und Melli aus dem Haus gestürzt kommen.

„Wir haben etwas verloren!" ruft Melli, „ein Los mit einem bunten Bild drauf. Habt ihr es gesehen?"

„Ach das?" fragt Petra gelangweilt, „das hat Nelli eben wieder weggeworfen. Es ist dorthin geweht."

Petra zeigt auf den Neubau. Melli und Molli kennen ihn. Einmal hat sie der Besitzer mächtig ausgeschimpft, als sie dort spielten.

„Seid beruhigt", erklärt Petra. „Ich weiß, daß der gestrenge Herr Grundbesitzer heute nicht da ist."

Gott sei Dank! Schnell suchen die Zwillinge das Gelände ab, aber von dem Los ist nichts zu finden. Wer weiß, wohin es der Wind getrieben hat.

Ja — die Suchaktion verläuft im Sande. Recht niedergeschlagen berichten die Mädchen ihrer Mutter. Molli muß mit den Tränen kämpfen. Sie hatte sich so über das Los gefreut und wirklich gehofft, daß sie ein neues Auto gewonnen hätten.

Na — und Markus! Der ist vielleicht ärgerlich. „Man muß schon reichlich blöd sein", schimpft er, „wenn man so etwas verliert, Junge, Junge!"

Aber auch der Vater findet schließlich tröstliche Worte. Er glaubt einfach nicht daran, daß die Familie einmal Glück gehabt und ein Auto gewonnen hätte.

Aber er sagt: „Ich verstehe dich nicht, Meike. Wie konntest du die Mädchen mit so viel Geld wegschicken? Das war wirklich leichtsinnig von dir."

„Ich sehe es ein, Martin. Aber es ist ja gut gegangen. Wenn ich mir nicht den Fuß vertreten hätte, wäre ich ja selbst in die Stadt gefahren. Jetzt vergeßt die Geschichte und laßt uns essen."

Sie sitzen schweigend bei Tisch. Im stillen denkt jeder an das verschwundene Los. Und jetzt wünschen sie, daß es ja kein Auto gewinnen möge.

Der kleine Manni denkt als erster nicht mehr daran. Markus arbeitet an seinem Theaterstück „Der Kasper hilft dem Mucke". Ein paar Szenen wollen noch geschrieben sein. Den ärgerlichen Gedanken an das verschwundene Los drängt er tapfer zurück. Molli und Melli würden am liebsten weiter nach dem Los suchen, aber Petra und Tina meutern mächtig. Sie wollen ihre Puppen spazierenfahren, und so gehen die Zwillinge mit ihnen.

Gott sei Dank müssen Molli und Melli am frühen Abend zu ihrem Musiklehrer. Darüber vergessen sie ihr Pech mit dem verflixten Los. Es macht schon Spaß, mit Herrn Artmann zu arbeiten. Er begleitet die Zwillinge auf dem Flügel. Für die nächsten Stunden entwirft er einen Übungsplan. Wirklich, das Los ist vergessen ...

Wie jeden Morgen, so sieht auch der Vater am nächsten Tag, kurz vor seiner Fahrt zum Büro, einmal kurz in die Zeitung, und da stutzt er.

„Nein", sagt er verwirrt, „das kann doch nicht wahr sein. Das ist ja — das ist ja..." Dann bleibt ihm das Wort im Munde stecken.

„Ein Banküberfall in der Stadt?" fragt Markus sachlich.
„Hat noch jemand sein Los verloren?" fragt Melli kleinlaut. Ihr schwant nichts Gutes.
„Es ist genug, daß wir es verloren haben!" Der Vater sieht von der Zeitung auf, „die Gewinnzahlen sind herausgekommen. Unter den zehn Zahlen für die zehn Autos ist auch die Nummer 131313. Was sagt ihr nun?"
Es ist ganz still am Tisch. Die Mutter senkt den Kopf und sagt gar nichts.
Markus knirscht: „Ich habe es mir bald gedacht. So was kann nur uns passieren. Nun können wir lange warten, bis wir wieder einmal Glück haben."
Sein Blick geht ärgerlich zu Melli, die plötzlich zu weinen anfängt. Und da Melli weint, weint Molli mit.
Manni fragt: „Bekommen wir nun kein Auto?"
„Nein, Vati muß weiter mit Mucke fahren. Und die anderen Kinder können weiter hinter dem alten Schlitten herlachen."
„Markus, ich bitte dich", weist die Mutter ihren Ältesten zurecht. „Benimm dich. So schlimm ist das alles nicht. Es gibt genug Leute, die gar kein Auto haben und auch zufrieden sein müssen. Wir haben ein Haus und sind gesund. Ist das nicht tausendmal wichtiger?"
„Entschuldige, Mutti", bittet Markus. „Aber es kränkt mich, daß das ausgerechnet uns passiert ist. Wir hätten ein neues Auto wirklich gebraucht."
„Es ist nicht zu ändern!" Der Vater faltet enttäuscht die Zeitung zusammen. „Ich muß fort. Mutti hat schon recht, es gibt schlimmere Dinge. Wir sind gesund und haben uns lieb. Das ist unser großes Los. Unser ganz großes!" Er küßt die Mutter und verabschiedet sich herzlich von den Kindern. Dann rattert und tuckert Mucke aus der Garage, als ob er Husten hätte.
„Ich gehe noch einmal suchen", sagt Melli leise, „vielleicht finde ich das Los doch noch." Sie will einfach nicht aufgeben.
„Ich komme mit." Auch Molli steht auf.
„Macht euch doch nichts vor. Ihr findet das Los nie wieder", spottet Markus, „ich gehe zu Dieter. Wir spielen mit seiner elektrischen Eisenbahn."

„Kann ich mitkommen?"

„Meinethalben", knurrt Markus den kleinen Bruder an, „oder willst du mit Molli und Melli suchen gehen?"

„Ach, ich finde doch nichts. Ich will lieber zu Dieter gehen."

Molli und Melli machen sich auf die Suche. Sie steigen noch einmal auf dem Grundstück des Nachbarn zwischen Steinen und Säcken herum. Abfall gibt es genug, aber das Los mit dem bunten Bild ist nicht darunter.

„Was macht ihr denn da?" Ein Arbeiter guckt aus dem Parterrefenster des Neubaues. „Könnt ihr nicht lesen? Das Betreten der Baustelle ist verboten! Sogar für euch, meine Damen!"

„Wir suchen etwas", entgegnet Melli verwirrt, aber sie verlassen doch das Grundstück und gehen die Straße hinunter.

Jedes Papierstückchen, das der Wind von den Baustellen geweht hat, heben sie auf. Es sind Fetzen von Zementsäcken, Butterbrotpapier, Zeitungen und alles mögliche mehr. Nur kein Los.

„Es hat keinen Zweck, Melli. Komm, wir gehen zu Tina. Wir finden es doch nicht wieder."

Melli sieht das ein. Ihre Augen füllen sich wieder mit Tränen.

„Und ich bin daran schuld", schluchzt sie.

„Ich bin auch schuld", tröstet sie Molli. „Ich hätte das Los mit dem Umschlag feststecken können."

So gehen sie zurück, um nach Tina und Petra zu sehen. Manni hat mit Markus und Dieter im Keller von Schäfers Haus gehockt und mit der elektrischen Eisenbahn gespielt. Da sich aber die Großen kaum um ihn kümmerten, so sagt er nach einer Stunde:

„Ich mag nicht mehr. Ich gehe zu Mutti."

Markus hört es kaum, so beschäftigt ist er. Manni geht nach Hause. Mohrle springt ihn an. Er ist froh, daß es wieder auf die Straße geht.

„Nimm ihn mit", sagt die Mutter, „er will 'rumtollen."

So nimmt Manni Mohrle mit auf die Straße. Der Pudel tobt sich auch gleich voller Übermut aus, saust hierhin und dahin, fegt über die Baustellen und kümmert sich nicht im mindesten darum, ob das Betreten verboten ist oder nicht. Erst als Mohrle am oberen Amselweg verschwindet, wird es ihm bang. Hoffentlich rennt der Hund nicht wieder in die Rosenstraße.

Der Kleine flitzt Mohrle hinterher. Noch immer weht ein böiger Wind, der Bausand und Papierfetzen über die steinige Straße treibt. Zwischen zwei Neubauten kommt Mohrle wieder zum Vorschein. Er jagt einem Stück Papier nach, das der Wind vor sich hertreibt. Manni nimmt es ihm ab und betrachtet es. Es zeigt auf einem bunten Bild einen kleinen, schwarzen Jungen unter einer grünen Palme. Da die Eltern und Geschwister immer nur von einem Los gesprochen, es aber nie näher beschrieben haben, weiß Manni nicht, was er da in der Hand hält. Er findet das Bild hübsch, aber mit der Zeit wird es ihm langweilig. Er setzt sich auf die niedere Gartenmauer eines Neubaues und falzt ein Schiffchen daraus. Das hat er im Kindergarten gelernt.

„Stststst", macht er und schiebt sein Werk auf dem Boden entlang. Aber dann wird ihm auch das zu langweilig, und er steckt das Schiffchen in seine Hosentasche.

Zur Essenszeit treffen die Kinder wieder im Hause ein.

„Wascht euch die Hände", sagt die Mutter, „dann kommt zu Tisch." Draußen fährt der Vater mit Mucke vor. Man braucht gar nicht vor die Tür zu sehen. Mucke ist nicht zu überhören.

Manni hat im Duschraum das Wasser ins Becken gelassen und wäscht sich lange und umständlich die Hände. Dann denkt er an sein Schiffchen. Er holt es aus der Tasche und läßt es auf dem Wasser tanzen.

„Wo bleibt ihr denn?" ruft die Mutter, „Molli, Melli, habt ihr euch die Hände gewaschen?"

„Manni ist noch im Badezimmer. Er wird ewig nicht fertig", beklagt sich Molli.

„Dann gehe doch nach oben. Wir haben ja jetzt genug Waschgelegenheiten!" ruft die Mutter aus der Küche.

Melli schaut nach dem kleinen Bruder.

„Bist du denn immer noch nicht fertig?" fragt sie. „Ja, freilich, wenn du hier spielst, dann können wir warten" — und dann stutzt sie, „was hast du denn da?"

Hastig reißt sie das Schiffchen aus dem Wasser und faltet es auseinander. Erst kann sie nicht sprechen. Wie gelähmt ist sie. Aber dann ruft das Mädchen:

„Mutti! Mutti! Hier ist unser Los! Manni hat es gehabt. Mutti,

Vati, das Los ist wieder da!" Sie möchte es immer wieder sagen — sie möchte es singen.

„Was? Wo? Zeig her!" aufgeregt treffen sich alle in der Küche. Der Vater nimmt Melli das nasse Papier ab. Alle sprechen durcheinander.

„Wahrhaftig, es hat die Nummer 131313! Es ist das Los, das ihr gekauft habt. Wo hast du es her, Manni?"

Der Kleine erzählt, wie er an das Stück Papier gekommen ist. Melli umarmt den kleinen Bruder.

„Du bist lieb, du hast es wiedergefunden", lacht sie. „Ach, ich bin ja so froh, Mutti!"

„Eigentlich hat es Mohrle gefunden", meint Manni. Er möchte ganz ehrlich sein.

„Bekommen wir nun ein neues Auto, Vati?"

„Ja, Melli. Wir können ja nun das Los vorzeigen. Da wird es auch einen neuen Wagen geben."

„Nun brauchst du Mucke nicht mehr, Vati?" fragt Manni.

„Nein, Mucke wird pensioniert."

„Ach du liebe Zeit", sagt Markus ganz entgeistert, „gerade jetzt, wo ich mit Mühe und Not mein Theaterstück ‚Kasper hilft dem Mucke' fertig gekriegt habe."

„Dann schreibst du dein Werk eben um", schlägt der Vater lachend vor. „Nenne es doch: ‚Kasper freut sich über das neue Auto'."

„Wir freuen uns ja auch!" ruft Melli.

„Hauhauhau!" bellt Mohrle, denn wenn er das Los nicht entdeckt hätte, gäbe es keinen Grund zur Freude.

Abschied von Mucke

Daß Meinhardts in der Lotterie ‚Für arme, afrikanische Kinder' ein Auto gewonnen haben, hat sich schnell herumgesprochen. Nicht nur bei den Bewohnern des Amselweges. Die ganze Siedlung ist im Bilde. Die Freude ist zu groß. Die Kinder mußten einfach die Geschichte von dem verschwundenen und nun doch wiedergefundenen Los erzählen.

Und so kommt der Morgen, an dem der Vater mit dem Bus ins Büro fährt. Zu Mittag will er schon mit dem neuen Wagen zurückkommen.

Manni fragt: „Ist denn der Mucke nun recht traurig, weil er Vati nicht mehr ins Büro fahren darf, Mutti?"

Sie lächelt: „Ein bißchen traurig ist er sicher. Aber weißt du, Mucke hat Vati so lange gedient, daß er auch ein wenig froh ist, wenn er sich jetzt ausruhen kann."

„Das kann man wohl sagen", bemerkt Markus nicht ohne Spott, „wenn ein Auto graue Haare bekommen könnte, hätte er die längst. Verwunderlich ist nur, daß er sein Alter in Ehren erreicht hat. Er war in keinen Unfall verwickelt."

„Das wird wohl an Vatis Fahrkunst gelegen haben", lacht die Mutter. Natürlich hat auch sie heute ausgesprochen gute Laune.

„Mir tut er ein bißchen leid", meint Melli, „wenn Mucke auch manchmal bockte, so war er doch immerhin unser Auto."

„Ja, das meine ich auch!" ruft Molli hinterher, „wie oft hat er uns sonntags in den Wald gefahren."

„Jetzt hört auf", bremst Markus die Lobreden seiner Schwestern, „spazierenfahren kann uns der neue Wagen erst recht, und er bleibt garantiert nicht an jeder Straßenecke stehen. Mutti, was meinst du, wie Latte, Jochen und alle anderen Jungen in meiner Klasse staunen, wenn ich früh mit dem neuen Wagen ankomme. Sie haben mich ohnehin immer angeulkt. Das ist jetzt vorbei. Jetzt lache ich. Und wie!"

„Ach, ich bin ja so gespannt, wie er wohl aussehen wird. Blau? Rot? Weiß? Oder so mausgrau wie Mucke?" Molli kann sich gar nicht beruhigen.

Sie können den Papa kaum erwarten. Immer wieder schauen sie auf die Uhr. „Wie langsam die heute geht", murrt Melli. „Ich habe das dumme Gefühl", meint Markus, „daß irgendwas nicht geklappt hat; paßt auf, Vati kommt ohne Auto zurück."

„Das kann ich mir nicht denken", meint Frau Meinhardt. „Die Übergabe war doch für heute festgemacht."

„Glaubst du vielleicht, daß die Autovertretung jemanden bevorzugt, der seinen Wagen einem Los verdankt, das nur zwei Mark gekostet hat?" Markus will recht behalten. Aber die Mutter lacht nur. „Das Lotterieunternehmen mußte den Wagen doch bezahlen, nein, nein, ihr könnt beruhigt sein. Geht doch schon nach draußen. Vielleicht biegt Vati gerade um die Ecke."

Aber da täuscht sich die Mutter gewaltig. Ein Laster knattert an den Kindern vorbei. Und auch der Fischwagen kommt. Nur vom Vati und seinem neuen Wagen ist nichts zu sehen...

Doch, da... Markus macht einen langen Hals. Ob das der Vati ist? Jawohl, er ist es! Stolz entsteigt er dem chromblitzenden Fahrzeug, gegen das sich Mucke wie ein häßliches Entlein ausnimmt.

Markus prüft alles fachmännisch, wie er das nennt. „Gute, solide Mittelklasse", stellt er fest. „Haargenau richtig für uns, nicht zu teuer, wirtschaftlich!" Er spricht wie ein alter Hase.

Da rufen die Mädchen: „Er sieht aus wie ein Maikäfer!" Und schon hat das neue Auto seinen Namen weg: „Der Maikäfer..."

„Was machen wir aber mit Mucke?" fragt die Mutter und sieht zur Garage.

„Raus muß er. Das ist jetzt Maikäfers Stall", stellt Vater fest. „Ich habe Mucke schon auf dem Autofriedhof in Wohlhausen angemeldet. Sobald die Leute Zeit haben, holen sie ihn ab. Aber es kann noch ein paar Tage dauern. Ich denke, ich stelle ihn inzwischen neben unserem Grundstück ab, dort stört er niemanden. Auf der Straße kommen immer Lastwagen vorbei. Außerdem müßte ich ihn dann nachts beleuchten. Das gibt aber die alte Batterie gar nicht her."

„Können wir noch mit Mucke spielen, solange er da ist?" fragt Manni.

„Ja, das könnt ihr. Aber treibt keinen Unfug mit ihm."

Das versprechen die Kinder. Der Vater geht in die Garage, um Mucke zu holen. Aber das alte Auto scheint zu wissen, was die Stunde geschlagen hat. Sein Motor streikt mal wieder.

„Das habe ich mir bald gedacht", nickt Markus, „der will nicht aus der Garage. Bis zuletzt ist er noch bockig."

Er hustet und spuckt — da kann sich Vati noch so anstrengen.

„Wir wollen Mucke 'rausschieben", meint Markus.

Der Vater nickt: „Es wird das beste sein", sagt er. „Angefaßt — hau-ruck..."

Und so landet der Wagen auf dem unbebauten Gartengelände, das neben dem Haus liegt.

Molli und Melli haben nichts dagegen. „Er ist auch gemütlich, wenn er nicht fährt", stellen die Zwillinge fest. Und sie kuscheln sich mit ihren Puppen und dem Teddy in die Sitze. Mohrle ist mit von der Partie.

„Wollen wir Omnibus spielen?" fragt Molli. „Ich bin der Chauffeur, und du bist der Schaffner. Die Puppen sind die Fahrgäste..."

„Prima, sehr schön!" erklärt die Schwester. „Rutsch hinter das Lenkrad, fahr ab..." Und sie ruft: „Bitte meine Herrschaften rücken Sie weiter nach vorn auf. Die nächste Haltestelle ist der Hauptgüterbahnhof." Dann wendet sie sich den Puppen zu. „Einmal Umsteiger, bitte sehr... Zweimal geradeaus, bittschön."

Molli kurbelt am Lenkrad und spielt an der Schaltung.

„Nächste Haltestelle ist die Kantstraße. Will hier jemand aussteigen?" ruft Melli. Ihre Schwester bremst. Sie weiß, wo das Pedal liegt — in der Mitte, genau zwischen Gas und Kupplung.

„Ich glaube, wir brauchen bald mal neue Reifen, Herr Schaffner", sagt sie. „Obwohl die Straße trocken ist, greifen die Räder schlecht."

„Oh", jammert Melli, wobei sie eine ihrer Puppen anspricht, „haben Sie kein Kleingeld?"

Und wie sie mitten im Spiel sind und wirklich fast vergessen haben, daß sie Molli und Melli und nicht der Busfahrer und sein Schaffner sind — ausgerechnet da ruft die Mutti:

„Hallo, habt ihr denn eure Musikstunde vergessen. Aber dalli, oder glaubt ihr vielleicht, daß Herr Artmann stundenlang auf euch warten möchte?"

Aber da sind die beiden aus dem Auto 'raus, schnell wie der Blitz. Schließlich müssen sie sich noch waschen und umziehen.

Herr Artmann begrüßt seine zwei kleinen Schülerinnen sehr herzlich. Einige Stunden haben die Zwillinge schon gehabt. Der Lehrer ist wirklich zufrieden mit ihnen. Er freut sich an den hübschen unverbildeten Stimmen. Vielleicht stellt er Molli und Melli einmal der Öffentlichkeit vor. Aber davon spricht er noch nicht. Die Mädchen sollen demnächst nur Freude an der Musik haben, ihren Sinn und ihre Gesetze begreifen. Während Herr Artmann mit ihnen die Tonleiter durchgeht und fleißig Noten lesen läßt, biegt um die Ecke des Amselweges ein Abschleppwagen. Da die breiten Fenster des Musikzimmers nach dem Garten zu liegen, sehen die Zwillinge nicht, daß der Wagen vor ihrem Elternhaus hält.

Die Mutter öffnet die Tür.

„Wir wollen das alte Auto abholen", sagt einer der Männer. „Wir kommen von der Firma Lohse in Wohlhausen."

„Ja, ich weiß Bescheid. Dort steht der Wagen. Sie können ihn mitnehmen."

Sie heben Mucke mit ihrem Kran an und ziehen ihn auf die Straße. Als er sachgemäß befestigt ist, winken sie der Mutter knapp zu und fahren davon.

„Die Kinder werden Augen machen, daß Mucke so schnell verschwunden ist", denkt sie und macht die Haustür zu.

„Mucke ist weg!" ruft Melli, als sie vom Unterricht kommen. Ganz verdutzt blickt sie auf den leeren Fleck.

„Ach, das ist schade", bedauert Molli, aber sie denkt keinen Augenblick an ihren Teddy, der ungewollt mit auf Reisen gegangen ist.

Markus freut sich am meisten, daß Mucke abgeholt worden ist. Er bot zwischen den neuen Häusern wirklich keinen schönen Anblick.

Auch der Vater ist zufrieden. Er hat Freude an seinem ‚Maikäfer'. Die Kinder dürfen am Abend eine Stunde länger aufbleiben, um sich einen Tierfilm im Fernsehen anzugucken. Dann sind sie so müde, daß sie in ihre Betten fallen. Die Puppen und der Teddy Brumm sitzen die ganze Nacht auf ihren Stühlchen. Die Zwillinge haben sie einfach vergessen.

Als der Vater am Morgen mit dem Maikäfer weggefahren ist, sagt Melli: „Nun haben wir keinen Mucke mehr. Jetzt müssen wir wieder im Puppenhaus spielen."

„Das ist doch auch ganz schön. Markus hat es so hübsch gebaut und eingerichtet. Wir wollen Tina und Petra holen. Ich hole Ulla und meinen Teddy Burr..." Plötzlich stockt sie. Was war nur mit Burr? Richtig, sie hatte ihn im Mucke sitzen lassen! Und Mucke ist weg! Wo ist Burr jetzt? Hatte ihn die Mutter noch hereingeholt, ehe die Männer den alten Wagen geholt haben?

Molli saust in die Küche. Melli sieht ihr ganz erstaunt nach. Was hat sie nur plötzlich?

„Mutti, Mutti, wo ist mein Teddy?"

„Aber Kind, das mußt du doch wissen. Es ist dein ‚Kind'. Eine Mutter weiß immer, wo ihre Kinder sind."

„Hast du ihn nicht aus dem Auto genommen?" Mollis Stimme klingt ganz dünn vor Schreck, ganz piepsig.

„Aber nein. Ich wußte ja nicht, daß du ihn dort gelassen hast."

„Ja, Mutti, ich habe ihn vergessen, weil du gerufen hast. Wir wollten doch nicht zu spät zum Unterricht kommen."

„Oje, jetzt kommt er unter die Presse", sagt Markus, der zugehört hat.

„Was ist das?" will Manni wissen.

„Der Autofriedhof hat eine große Blechpresse. Die preßt die Autos zusammen, daß sie so flach wie ein Brett sind."

„Nein, nein!" jammert Molli, „mein armer Teddy! Da muß er ja sterben! Ich will meinen Teddy wiederhaben, Mutti!"

„Was können wir da tun?" erwidert die Mutter, „sie haben Mucke sicher längst verschrottet. Da ist nichts mehr zu machen."

„Ich will auf den Autofriedhof und Mucke suchen. Ich finde ihn bestimmt, Mutti."

„Ja, wir wollen ihn suchen", bittet nun auch Melli, „Burr ist bestimmt traurig und wartet auf Molli."

Die Mutter lächelt: „Aber Kinder, wie denkt ihr euch das? Der Autofriedhof ist in Wohlhausen, fünf Kilometer von hier..."

„Der Bus fährt durch Wohlhausen", sagt nun Markus, „Mutti, ich fahre mit Molli und Melli dorthin. Wir suchen nach dem Teddy. Bitte, erlaube es doch."

„Ich will auch mit!" ruft Manni. „Ich suche auch mit nach Burr!"

Die Mutter überlegt. Allein würde sie die Zwillinge nicht fahren lassen. Aber wenn Markus dabei ist, kann gewiß nichts passieren.

„Ich habe zwar nicht viel Hoffnung", sagt sie schließlich, „aber wenn ihr es versuchen wollt, so fahrt meinetwegen nach Wohlhausen. Aber bitte, seid vorsichtig und stellt nichts an. Und fragt gleich den Aufseher, ob Mucke überhaupt noch heil ist. Vielleicht haben sie den Teddy gefunden — und er sitzt im Büro und wartet auf euch."

„Ich will auch mit!" ruft Manni noch einmal, „ich will auch mit! Immer muß ich zu Hause bleiben."

„Was willst du dabei? Du bist noch zu klein. Wenn die drei gehen, genügt das."

Markus sagt: „Ich passe auf ihn auf, Mutti. Je mehr suchen, desto eher finden wir ihn. Auch Mohrle soll mitkommen. Auf seine Nase können wir uns verlassen."

„Ihr sollt euch an den Besitzer wenden, da geht es noch schneller. Hier ist das Fahrgeld. Paßt gut auf und kommt gleich wieder zurück."

Sie versprechen es und machen sich auf den Weg. An der Hauptstraße steigen sie in den Bus, der über Wohlhausen fährt.

Sie fragen dort nach dem Autofriedhof und werden an den Ausgang des kleinen Ortes verwiesen. Auf einem großen, eingezäunten Gelände liegt der Autofriedhof. Zerbeulte und ausgeschlachtete Wagen liegen neben- und übereinander. Eisenteile, alte Motoren, abgefahrene Gummireifen und verbogene Schutzbleche stapeln sich zu Türmen. Oh, wie klopft da das Herz des ‚Erfinders' Markus. Hier liegen ja ganze Schätze verborgen. Links gibt es ein langgestrecktes Gebäude, das Büro des Pächters, wo er auch wohnt. Weiter hinten sehen sie einen hohen Kran. Und überall kracht und bummert es entsetzlich. Dann ist es wieder still. Wenn die Presse ein weiteres Auto zerstampft, hebt der Lärm neu an. Feiner Staub steigt auf und legt sich in grauen Wolken über den Platz. Molli wird ganz blaß.

„Hoffentlich haben sie Mucke noch nicht zerquetscht", flüstert sie. Markus liest das Schild am Gitter des offenen Tores: „Das Betreten des Geländes ist Unbefugten strengstens verboten."

„Pah, unbefugt", macht Markus, „wir wollen doch nur unseren Teddy wiederhaben. Das ist alles."

„Wir gehen zum Besitzer", meint Melli. „Er wird uns schon 'reinlassen."

„Das kommt überhaupt nicht in die Tüte", erklärt Markus. „Wir suchen Mucke ganz allein. Es wäre doch gelacht, wenn wir ihn nicht finden würden."

Markus teilt seine Geschwister ein. Zwischen den aufgestapelten Autowracks gibt es Gänge und Wege. Sie dürfen natürlich keinen verpassen. Auch Manni bekommt sein ‚Revier'. „Du nimmst Mohrle mit", bestimmt der große Bruder; „da kann dir nichts geschehen. Wer den Teddy gefunden hat, läuft zum Eingang zurück. Alle zehn Minuten vergewissern wir uns, ob da einer wartet... Alles klar?" Die Geschwister nicken. Sie wissen nicht, daß der Chef des Unternehmens gar nicht hier ist. Irgendwo bemüht er sich um einen Unfallwagen, den keiner mehr reparieren kann. Für ihn sitzt sein vierzehnjähriger Sohn in dem Büro, hält das Telefon besetzt und liest in einem Buch.

„Auf geht's", sagt Markus noch. Und schon sind die Geschwister auf der Suche.

Markus hat die Autoreifen rechts und links geprüft. Aber

Mucke findet er nicht. Er ist fast bis zum Ende des Geländes gekommen. Vor ihm liegt die gewaltige Presse. Der Kran hebt gerade ein Auto nach oben und läßt es dann krachend in den gefräßigen Rachen der Presse fallen. Es knirscht und kreischt. Auf der anderen Seite fällt das Auto als breitgewalzte Blechtafel aus der Öffnung der Maschine. Das alles geht sehr schnell. Markus steht im Schatten eines Blechberges. So kann ihn der Kranführer nicht sehen. Etwas abseits, fast ein wenig gesondert von den anderen Autos, steht ein großer, eleganter Wagen. Seine Karosse ist eingebeult, sein Motor ausgebaut. „Das war einmal ein Wagen!" denkt der Junge. „Wer den wohl gefahren haben mag? Bestimmt ein ganz reicher Mann." Markus weiß selbst nicht, wie es dazu kommt — er klettert hinein und versinkt ins Träumen.

„Wenn ich studiert habe, verdiene ich viel Geld. Dann kaufe ich mir auch so einen Wagen." Er dreht an dem weißen Lenkrad. „So fahre ich in meine Fabrik. Sonntags lade ich Mutti und Vati ein. Die Geschwister nehme ich natürlich auch mit."

Die Sonne scheint heiß aufs Blechdach. Markus döst vor sich hin. Mucke und den Teddy Burr hat er ganz vergessen. Aber plötzlich kracht es über ihm. Wie zwei dunkle Gespenster haken sich Greifer in die hinteren unverglasten Fenster und heben ihn an.

Markus sitzt wie erstarrt da, dann schreit er auf.

„Halt! Halt! Ich bin in dem Wagen!" Hastig drückt er die Tür auf und läßt sich nach draußen kippen. Er fällt nicht gerade weich, denn das Auto schwebt schon gut einen Meter über dem Boden. Erschrocken hält der Arbeiter seinen Kran an.

„Heiliges Gewitter!" brüllt er von oben herunter, „verflixter Bengel! Was hätte das für ein Unglück geben können!" Er wischt sich die Schweißtropfen von der Stirn. Der Mann hat jetzt ein ganz blasses Gesicht. Markus rappelt sich mit blutenden Knien und Händen auf und rennt davon.

Molli ist die Autoreihe auf und ab gegangen. Aber vergeblich. Von Mucke hat sie noch immer nichts entdecken können. An einem Schrotthaufen, in der Nähe des Bürogebäudes, stutzt sie. Da steht ein alter, grauer Wagen. Das muß doch Mucke sein. Es ist dieselbe Automarke. Sie sieht durch die Fenster. Aber Teddy Burr sitzt nicht in dem Wagen. Da erkennt sie auch an den

Schonbezügen, daß es sich nicht um Mucke handelt. Unschlüssig bleibt sie an dem Wrack stehen. Da sieht Franz von seinem Buch auf. He, was will denn das Mädchen hier? Er steht auf und geht nach draußen.

Molli schrickt zusammen, als der große fremde Junge vor ihr steht. „Ich suche unseren Mucke", stottert sie verlegen. „Er ist gestern abend von uns abgeholt worden. Mein Teddy saß im Wagen, den will ich mir wieder holen."

Franz steht breitbeinig da, hat die Arme in die Hüften gestützt und lacht. Er will die Kleine ein bißchen ärgern. Daher sagt er: „Ach, den Mucke? Ja, den haben wir gestern abend schon in die Presse genommen. Oje, wie hat der gejammert! Oder war das gar dein Teddy?" Molli reißt ihre Augen entsetzt auf.

„Oh, mein Teddy! Mein armer Burr! Hätte ich ihn doch nicht im Wagen sitzen lassen!"

Molli weint ganz verzweifelt. Das aber hat Franz wirklich nicht gewollt — und so lenkt er ein wenig tolpatschig ein: „Nun, genau weiß ich das freilich nicht. Weißt du, es kommen so viele Wagen hierher, daß man sich nicht jeden einzelnen merken kann. Vielleicht irre ich mich. Aber ich will ihn suchen. Wie sah er denn aus?"

Molli beschreibt ihn so genau, daß ihn Franz auf keinen Fall verfehlen kann. Als sie aber mit ihm suchen will, sagt er entschieden: „Laß mich das mal lieber selber machen. Hier darf kein Fremder herumspazieren. Das ist viel zu gefährlich. Komm, setz dich inzwischen ins Büro und warte dort auf mich. Ich bringe dir deinen Teddy bestimmt wieder." Molli setzt sich gehorsam auf einen Stuhl und Franz marschiert los.

Auch Manni und Mohrle haben Mucke fleißig gesucht. Eigentlich war es Mohrle, der den kleinen Manni hinter sich hergezogen hat. Aber so tief der Hund auch seine Nase gegen den staubigen Boden drückte, von dem alten Auto mit Namen Mucke konnte er nichts erschnüffeln. Kunststück — wo hier doch alles nur nach Auto roch, nach Blech, Öl und Gummi, nach alten Polstern und Kunststoffbespannungen.

Schließlich wird das dem braven Mohrle alles zu viel. Dieses

Gelände ist nicht nach seinem Geschmack, ganz und gar nicht. Nichts Grünes ist zu sehen, nicht ein Baum weit und breit. Öd und langweilig ist so ein Autofriedhof — wirklich. Und deshalb bellt Mohrle auch. Er möchte nach Hause. Aber — Moment! Einen Augenblick! Da kommt doch eine Antwort. Richtig! Da an dem Schuppentor — gleich hinter dem Büro — ist ein Schäferhund angeleint. Er wedelt mit dem Schwanz und will Mohrle begrüßen.

Manni trabt — froh, daß es eine Abwechslung gibt — dahin. „Komm her, ich lasse dich los!" Manni hakt die Kette aus der Öse.

Der Schäferhund tollt wild umher und will Mohrle fangen. Mit hängenden Zungen jagen sie um die abgewrackten Autos, kriechen unter sie und springen durch die ausgeschlachteten Karosserien. Am liebsten würde Manni mitmachen.

Franz ahnt nicht, daß ein kleiner Junge den sonst so gefürchteten Wachhund Harras losgebunden hat. Er geht die Autoreihe entlang und sucht nach einem alten, grauen Wagen. Und plötzlich stößt er an der Ecke mit Melli zusammen.

„Da bist du ja schon wieder!" Franz ist ärgerlich. „Ich habe dir doch deutlich gesagt, daß du im Büro auf mich warten sollst. Warum folgst du nicht?" Melli ist erst einen Augenblick verdutzt. Dann aber begreift sie, daß sie der große Junge mit Molli verwechselt. Und dieses Spiel macht ihr Spaß. Keß erwidert sie, als ob sie gar nicht wüßte, worum es geht: „Du hast mir nichts gesagt. Ich kenne dich gar nicht."

„Was? Du willst mich nicht kennen? Ich habe dir doch eben erzählt, daß ich Franz Lohse bin. Meinem Vater gehört dieser Betrieb hier. Vor ein paar Minuten hast du mir erzählt, daß du deinen Teddy in einem grauen Wagen sitzengelassen hast. Willst du das vielleicht bestreiten?" Melli mußte sich das Lachen verkneifen.

„Ich kann es gar nicht vergessen haben, weil ich dir das nicht gesagt habe. Ich habe keinen Teddy Burr. Meiner heißt Brumm."

„Ach, jetzt hör doch auf. Du willst mich wohl zum Narren halten?"

„Nein, bestimmt nicht! Ich weiß wirklich nicht, wovon du sprichst." Franz horcht auf. Er hört das Hundegebell, und schon fegt Harras mit einem Satz über einen Haufen abgefahrener Autoreifen. Ein schwarzer Pudel folgt ihm.

„Was ist denn jetzt los? Wie kommt Harras von der Kette?" Er läuft hinüber, pfeift und ruft nach dem Hund. Melli aber flitzt um den nächsten Blechhaufen und ist verschwunden. Das war ein Schabernack ganz nach ihrer Art. Schade, daß die Hunde dazwischenkamen.

„He du!" ruft Franz hinter ihr her, aber er hört nur noch ein leises Lachen.

Jetzt muß er sich um Harras kümmern. Auf der anderen Seite der Autoreihe sitzt ein kleiner Junge auf dem Trittbrett eines Autos und lacht, daß ihm die Tränen übers Gesicht laufen. Aber Franz ist böse. Schließlich weiß er nur, wie scharf der Wachhund sein kann. Er beißt jeden, den er nicht mag.

„Zum Donnerwetter!" brüllt er. „Was soll dieser Zirkus eigentlich bedeuten. Ich komme mir langsam wie in einem Irrenhaus vor — wirklich!"

„Ich weiß gar nicht, warum du dich so aufregst", stottert der kleine Manni. „Die Hunde haben sich prima vertragen. Sie wollten miteinander spielen. Da habe ich deinen Schäferhund losgekettet!"

„Warte nur, wenn mein Vater kommt, dann legt er dich übers Knie!"

„Na ja", meint da Manni, „dann wollen wir mal deinen Harras wieder an die Leine legen."

Der Schäferhund läßt sich von Franz am Halsband nehmen und Manni trottet mit Mohrle neben ihm her. Da sieht der Kleine Melli, die ihm hinter einem Autowrack zuwinkt. Er macht kehrt und saust davon. Franz hängt den Hund an, wendet sich um und sieht gerade noch einen größeren Jungen hinter einem Schrotthaufen verschwinden. Mit langen Sätzen jagt Franz hinter ihm her. Er erwischt ihn in der Nähe der Presse und hält ihn fest.

„Jetzt möchte ich bloß wissen, wer sich hier alles herumtreibt. Was suchst du denn hier?" Markus läßt sich nicht einschüchtern.

„Ich suche Mucke und den Teddy Burr."
„Ich werde verrückt", stöhnt Franz. „Du auch? Ja, wer sucht denn noch das alte Auto? Da muß wohl ein ganzer Kindergarten angetreten sein. Was?"
Noch ehe Markus antworten kann, erscheint hinter der Ecke Mollis Gesicht. Sie hat es im Büro nicht mehr ausgehalten.
„Da bist du ja wieder. Warum bist du vorhin weggelaufen?" fragt Franz ärgerlich. „Niemand darf hier herumlaufen. Wie schnell kann etwas passieren. Oder willst du schon wieder behaupten, daß du mich nicht kennst?"
Molli sagt erstaunt: „Aber klar kenne ich dich. Du bist Franz und hast gesagt, ich soll im Büro auf dich warten. Aber da war es so langweilig. Ich will auch mit nach meinem Burr suchen."
„Und vorhin hast du gesagt, daß dein Teddy Brumm heißt. Ich glaube, du bist im Oberstübchen leicht durcheinander."
„Ich habe nie gesagt, daß mein Teddy Brumm heißt", erklärt Molli ganz ernsthaft.
„Ach, das ist mir langsam egal", sagt Franz. „Jetzt suchen wir nach eurem Auto, und dann macht ihr, daß ihr von hier wegkommt."
Markus blinzelt nach Melli. Wo mag sie nur stecken? Vielleicht hat sie Mucke schon gefunden? An der Zeit wäre es ja. Wenn sie zu lange von zu Hause wegbleiben, kann es noch tüchtigen Ärger geben. Und da erinnert sich Franz, daß die drei Autos, die gestern abend angeliefert worden sind, hinter dem Gelände, am alten Schuppen stehen. Und wirklich, da finden sie Mucke. Teddy Burr sitzt in ihm und scheint recht einsam und traurig zu sein.
Molli drückt ihn froh an sich.
„So, nun macht schnell, daß ihr verschwindet, ehe euch mein Vater sieht", sagt Franz. „Lauft dort den Seitenweg lang, da kann er euch nicht vom Büro aus sehen, falls er schon wieder zurückgekommen ist. Und laßt euch hier nicht wieder sehen."
„Ist gemacht", grinst Markus und läuft mit seinen Geschwistern davon. „Wo ist nur Melli?" fragt Molli ängstlich. „Ob sie schon am Tor auf uns wartet?"

Aber Melli ist kreuz und quer gelaufen und dabei ganz durcheinander gekommen. Jetzt steht sie plötzlich wieder vor Franz.

„Nanu, was willst du denn noch hier? Du hast doch deinen Teddy endlich gefunden. Hast du vielleicht noch was vergessen? Ein Fundbüro sind wir nun wirklich nicht."

„So?" Melli ist verdutzt, „habt ihr unseren alten Wagen tatsächlich gefunden?"

„Jetzt hör aber auf! Jetzt langt's mir! Du hast ihn doch gerade mitgenommen. Ich glaube wirklich, du bist nicht ganz richtig im Kopfe."

„Ob du's glaubst oder nicht, ich habe Burr wirklich nicht mitgenommen. Wenn ihr Burr aber gefunden habt, dann ist es gut. Mein Teddy heißt nämlich Brumm und sitzt daheim."

„Mach, daß du endlich verschwindest", knurrt Franz ärgerlich, „oder ich versohle dich, auch wenn du ein Mädchen bist." Da lacht Melli und saust den Weg hinunter. Molli kommt ihr schon entgegen. Sie hat Burr im Arm und winkt der Schwester zu. Und da versteht auch Franz endlich, daß er auf Zwillinge 'reingefallen ist. „Das ist ja wie im Kino", lacht er. „Was einem alles so passieren kann."

Die heimliche Nachtmusik

Welche Zeit ist schöner als die Urlaubszeit? Keine! Und das kosten die Meinhardts aus. Ab morgen hat Vati frei.

Es macht ihnen wirklich nichts aus, daß sie nicht verreisen können. Warum auch? Sie genießen ihr neues Haus, die schöne Umgebung, die Ruhe.

„Wollen wir nicht ein paar Wanderungen unternehmen?"

„Moment mal", unterbricht Markus den Familienrat. „Wozu haben wir eigentlich unseren neuen Wagen, wie? Wir sollten mal in den Zoo nach Frankfurt fahren — jawohl!"

Der Vater lacht. Er kann seine Kinder und deren Wünsche schon verstehen. Aber er muß auch an den Garten denken. Und da wartet allerlei Arbeit auf ihn.

„Wir werden mit vereinten Kräften erst mal unseren Garten anlegen", entscheidet der Vater.

„Schäfers und Artmanns haben ihren Garten ja auch noch nicht angelegt", sagt Markus, „warum eilt es denn bei uns so?"

„Ich möchte gern ins Grüne sehen, wenn ich aus dem Fenster gucke. Und dann wollt ihr ja auch eure Spielwiese haben und die Bocciabahn. Außerdem wünscht sich Manni eine Sandkiste. Oder war es nicht so? Herr Artmann hat einen Gärtner bestellt, der ihm den Garten einrichtet. Aber das ist sehr teuer. Herr Schäfer teilt sich mit seinem Bruder die Arbeit. Und bei uns geht es morgen auch los. Wenn wir alle mit zufassen, geht es recht schnell. Die Hauptsache ist doch, daß wir während der Ferien Stunde für Stunde beisammen sind!"

„Ja, Vati", sagen Molli und Melli. Und ihre Augen strahlen schon wieder. Manni freilich mault noch ein bißchen. Er ist eben noch zu klein, um Vatis Worte richtig zu verstehen. Markus nimmt sich vor, fest mit zuzupacken.

Der Vater hat den Maikäfer aus der Garage geholt. Während die Kinder den Wagen umspringen, blickt die Mutter zu dem gegenüberliegenden Haus.

„Wir werden bald wieder neue Nachbarn haben", sagt sie. „Frau Schäfer erzählte, daß die Leute in den nächsten Tagen einziehen. Die Handwerker sind vorgestern fertiggeworden."

„Ach", sagt Melli gedehnt, „gute Nacht! Den mögen wir nicht. Er hat so schrecklich mit Manni und Nelli gezankt, nur weil sie ein bißchen mit seinem Sand gespielt hatten."

„Ich glaube, wenn der erst eingezogen ist, können wir nicht mehr auf der Straße spielen."

„Ich finde eure Reden recht unartig", erwidert die Mutter. „Er war vollkommen im Recht, als er Manni und Nelli zurecht wies. Wir kennen ihn alle noch zu wenig, um uns jetzt schon ein Urteil über ihn bilden zu können. Ich möchte so abfällige Worte nie wieder hören."

Molli und Melli werden rot. Nun ja, sie kennen den neuen Nachbarn noch nicht — das stimmt schon, aber hat er sich nicht gleich zu Anfang recht bärbeißig aufgeführt?

„Mutti hat recht", sagt der Vater streng. „Auch ich möchte

solche Worte nie wieder hören. Es würde mich sehr traurig machen. Und nun wünsche ich euch allen einen recht schönen Tag. Bis heute mittag, Meike! Auf Wiedersehen, Kinder!"

Sie winken dem Vater nach, ein wenig beschämt und noch nicht ganz sicher, wie sie wohl dem neuen Nachbarn begegnen sollen, wenn er erst in seinem Hause wohnt.

„Ich gehe in den Garten", sagt Markus, als der Maikäfer um die Ecke verschwunden ist.

„Und ich zu Nelli!" ruft Manni.

Er pfeift Mohrle und springt zu Schäfers Haus hinüber.

„Hast du etwas für uns zu tun, Mutti?" fragt Molli.

Die Mutter überlegt: „Nein, heute nicht. Geht zu euren Freundinnen."

„Ich hätte Lust, heute mit dem Puppenhaus zu spielen", meint Melli. „Wie denkst du darüber, Molli?"

Molli kneift die Augen zusammen. Dann schielt sie zum Neubau des Nachbarn und flüstert: „Weißt du, was ich möchte? Ich möchte mir mal das Haus da drüben ansehen."

„Die Haustür ist doch verschlossen."

„Das ist klar. Aber von hinten kann man doch sicher durch die Fenster sehen. Vielleicht ist auch der Keller offen. Da steigen wir ein und gucken uns alle Zimmer an."

„Hm, und wenn noch jemand drin ist?"

„Wer soll denn dort sein? Mutti hat gesagt, daß die Handwerker vorgestern fertig geworden sind. Hast du etwa Angst?"

„Angst?"

Nein — das würde sie nie zugeben — keine von beiden! Und neugierig sind sie schon.

Molli guckt die Straße entlang. Es ist niemand zu sehen.

Die Mädchen flitzen über die Straße. Mit Mauern oder Zäunen gibt es keinen Ärger. Nur Steine und Sand häufen sich neben dem Haus. Das Schild: ‚Betreten der Baustelle verboten' hängt ein wenig schief. Aber das interessiert die Zwillinge sowieso nicht. Sie springen flink über die weiche, ausgebaggerte Erde bis zur Hinterseite des Hauses. Dort sieht es genauso trostlos aus wie hinter jedem Neubau. Zwischen den aufgeworfenen Erdhaufen wuchert das Unkraut. Daß aus diesem Stück Land je ein schöner, bunter Blumengarten werden soll, kann man sich kaum vorstellen. An der Rückseite des Hauses entdecken sie eine Terrasse. Noch hängt sie knapp über dem Erdboden. Der Nachbar hat geplant, den Zugang zum Garten mit einer Schräge aufzufüllen und die Böschung dann mit Pflanzen zu verschönern.

„Ach, da kommen wir niemals hoch", Molli blinzelt nach oben. „Was machen wir nun?"

Melli sieht sich prüfend um. So schnell will sie nicht aufgeben. „Da ist eine Leiter! Die legen wir an und klettern hoch." Gemeinsam heben sie das Gestell gegen die Schmalseite der Terrasse. Aber die Mädchen haben ihre Kraft überschätzt. Die Leiter macht sich selbständig, rutscht ab, fällt um und zerschlägt ein Kellerfenster. Es klirrt und splittert. Und dann ist es still. Die Zwillinge sehen sich erschrocken um.

„Auweh", flüstert Molli. „So ein Pech! Ob das jemand gehört hat? Mir ist richtig übel!"

Melli schleicht an die Hausecke. Oben am Amselweg rattert noch die Mischmaschine, und weiter unten tobt Manni mit Nelli und den beiden Pudeln durch die Vorgärten.

„Uns hat niemand beobachtet", flüstert Melli. „Was machen wir nun?"

Molli sagt schließlich: „Die Scheibe ist nun einmal kaputt. Wir können sie nicht wieder heil zaubern. Und das Haus interessiert mich doch zu sehr! Los, wir setzen die Leiter noch mal an; das wäre doch gelacht, wenn..." Die Schwester ist einverstanden. Und diesmal gelingt es! Durch die Scheibe einer Flügeltür können sie ein großes, helles Zimmer sehen.

„Nun schau sich mal einer diese altmodischen Tapeten an", lacht Molli, „nein, die könnten mir wirklich nicht gefallen."

„Aber sie passen zu dem schrulligen Onkel, der hier einziehen will", unterbricht Melli ihre Schwester. Beide kichern. Sie können den Herrn nun einmal nicht leiden. Aber was ist das denn plötzlich für ein merkwürdiges Geräusch?

„Der Möbelwagen", flüstert Melli entsetzt.

„Aber gerade jetzt? Los, wir müssen verschwinden! Schnell! Er darf uns hier nicht sehen!"

„Und die Scheibe?"

„Ach was, das hat doch keiner gesehen. Niemand weiß, daß wir es waren. Horch, der Wagen hält direkt vorm Hause."

„Jetzt können wir nicht mehr weg."

„Wir laufen zurück über die Bauplätze." Molli klettert die Leiter hinunter.

Melli folgt ihr. Dann stößt sie die Leiter zur Seite und jagt über die braune, weiche Erde. Nach zwei Baustellen müssen sie auf die Straße zurück. Ein eben bezogener Neubau versperrt den Fluchtweg. Vorsichtig prüfen sie die Lage. Vor dem Haus des neuen Nachbarn parkt ein großer Möbelwagen. Und dann kommt auch schon ein Personenauto um die Ecke gebogen. Es ist der Wagen des Hausbesitzers.

Molli flüstert: „Wir gehen ganz harmlos den Amselweg entlang. Er hat ja nicht gesehen, daß wir auf seinem Grundstück waren. Der traut uns Mädchen so etwas bestimmt nicht zu."

„Müssen wir es nicht Mutti sagen?"

„Ach, wozu denn?" meint Molli recht aufgeräumt. „Sie hat es ja auch nicht gesehen. Niemand hat es gesehen. Kein Mensch. Also sagen wir auch nichts."

Aber die Mutter merkt gleich, daß etwas nicht stimmt. Dafür hat sie eine feine Nase. „Na, was ist?" fragt sie.

„Wir haben gar nichts", versichert Melli. „Wir sind nur ein bißchen aufgeregt, weil der neue Nachbar eben in sein Haus zieht. Hast du ihn schon gesehen, Mutti?"

„Ich habe ihm mal kurz vom Fenster aus zugenickt, als er aus seinem Wagen stieg", erwidert sie.

Molli und Melli gehen ins Kinderzimmer und stellen sich hinter die Gardinen. Drei Packer schleppen die Möbel ins Haus. Der neue Nachbar steht dabei und gibt ihnen Anweisungen.

„Guck bloß die Möbel an, Melli", kichert die Schwester, „die sind genauso altmodisch wie seine Tapeten. Puh, die könnten mir nicht gefallen."

Sie lachen über jedes Möbelstück, das die Männer ins Haus tragen. Erst jetzt entdecken sie ihre Mutter, die leise das Kinderzimmer betreten hat.

„Mutti, sieh nur, was unser Nachbar für ulkige Möbel hat!" ruft Molli, „lauter altes Zeug!"

Die Mutter sieht ein Weilchen zu und sagt dann:

„Ja, das sind alte Möbel, Molli, aber sehr wertvolle. Der einzelne Schrank allein kostet bestimmt viel mehr als unser ganzes Wohnzimmer zusammen. Er ist aus einem besonders wertvollen Holz, und die Einlegearbeiten und Holzverzierungen sind wundervoll. Seht nur die Umrahmung der kleinen Fenster und die schweren, leuchtenden Messinggriffe."

Molli und Melli staunen. Sie kommen sich ein wenig dumm vor.

„Warum hat er aber keine modernen Möbel?" fragt Molli.

„Sicher gefallen ihm die alten besser. Frau Schäfer erzählte mir, daß der neue Nachbar in der Stadt ein großes Antiquitätengeschäft besitzt. Da ist seine Vorliebe für die alten, schönen Dinge schon verständlich, nicht wahr?"

„Was ist das für ein Geschäft, ein Amti — Anti — wie heißt es doch gleich?"

„Antiquitätengeschäft", lacht die Mutter. „Da gibt es die alten, schönen Dinge aus längst vergangener Zeit. Möbel, Bilder, Schmuckstücke, Wandteppiche, Leuchter — eben alles, womit sich die Leute vergangener Zeiten umgeben haben."

„Nun ja", sagt Melli und späht weiter durch die Gardine —
„unsere Möbel gefallen mir aber doch besser."

Das meint Molli auch. Sie sehen noch ein Weilchen zu, aber dann wird es ihnen langweilig. Sie decken auf der Terrasse den Eßtisch, denn es ist Mittag geworden, und der Vater wird gleich nach Hause kommen. Auch Manni erscheint mit Mohrle und hat viel zu erzählen.

„Der Mann da drüben ist gekommen", berichtet er. „Ein großer Möbelwagen ist gerade weggefahren. Er hat viele Möbel gebracht, aber ganz komische, gar nicht so fein wie unsere. Er ist sicher ein armer Mann, weil er so altes Zeug hat. Nicht wahr, Mutti?"

Die Mutter lächelt.

„Wir wissen schon längst, daß der neue Nachbar eingezogen ist", lacht Molli den Bruder aus. „Wir haben ihn auch gesehen."

Der Vater kommt nach Hause, und nun sitzen sie gemütlich beim Essen. Kurz bevor der Vater wieder ins Büro fahren will, läutet es an der Tür. Die Mutter steht auf und öffnet.

„Das ist Tina!" ruft Melli und will hinaus sausen. Aber da hören sie alle eine Männerstimme:

„Entschuldigen Sie, Frau Meinhardt, wenn ich Sie störe — aber ich möchte Sie bitten, einmal telefonieren zu dürfen. Mein Apparat wird erst morgen angeschlossen. Verzeihung, mein Name ist Edler, Karl-Heinrich Edler."

„Bitte, treten Sie näher, Herr Edler. Alles Gute zum Einzug ins neue Haus", sagt die Mutter herzlich. „Kommen Sie bitte hier ins Arbeitszimmer. Da steht das Telefon."

Molli und Melli blinzeln sich zu. Sie haben den Mann erkannt, der nun in Vaters Zimmer steht.

„Ob er es schon entdeckt hat?" flüstert Melli der Schwester zu. Aber Molli zuckt nur mit den Schultern. Das Telefongespräch ist kurz. Der Nachbar tritt wieder in die Diele.

„Ich habe noch einmal den Glasermeister anrufen müssen", erklärt Herr Edler. „Er muß mir eine neue Scheibe in eines der hinteren Kellerfenster ziehen. Als ich gestern abend meinen Rundgang durchs Haus machte, war sie noch heil. Jetzt ist sie zerschlagen. Ich habe auf der Terrasse deutliche Spuren entdeckt — ebenso an der Leiter, an der ganze Erdklumpen hängen. Ich muß annehmen, daß jemand versucht hat, in mein Haus einzusteigen."

Die Mutter ist erschrocken.

„Du liebe Zeit, das ist ja schrecklich. Sollte man hier nicht ruhig wohnen können? Was hat man denn in Ihrem leeren Haus gesucht?"

„Das möchte ich auch wissen. Ich finde dafür keine Erklärrung."

Der Vater aber meint: „Das können doch gewiß nur Kinder gewesen sein. Kinder sind neugierig. Sie hatten sicher nichts Böses im Sinn."

„Das wollen wir hoffen", nickt der Nachbar, „aber man muß eben vorsichtig sein. Ich schließe morgen mein Geschäft für vierzehn Tage und mache Ferien. So gewöhne ich mich hier ein und werde feststellen, ob sich nicht doch jemand über Gebühr für mein Haus interessiert. Auf jeden Fall aber danke ich Ihnen sehr herzlich, daß ich bei Ihnen telefonieren konnte."

„Aber ich bitte Sie", wehrt die Mutter ab, „als Nachbar hilft man sich doch gern."

Frau Meinhardt bietet sogar ihre Hilfe an. Zumindest die Gardinen will sie für Herrn Edler aufhängen. Sie weiß als Frau ja am besten, was man für die Gemütlichkeit braucht. Erst zögert der neue Nachbar ein wenig; aber schließlich willigt er in das Angebot gern ein.

„Warum Mutti ihm noch hilft", flüstert Melli, „das hat er gar nicht verdient, wo er doch so mit Manni gezankt hat."

„Mutti ist eben immer so lieb", flüstert Molli zurück. Und dann wispert sie noch leiser, damit es die Brüder und der Vater nicht hören können: „Aber er weiß nicht, wer die Scheibe zerschlagen hat, und das werden wir ihm auch nie eingestehen, — diesem ... diesem Trödler!"

Bis zum Abend hängen an allen Fenstern des Edlerschen Hauses frische, duftige Gardinen. Nun kann man erst sehen, daß es bewohnt ist.

Am nächsten Tag kommt Manni ins Haus gelaufen und ruft nach der Mutter.

„Da sieh, was ich habe! Das hat mir der Mann von da drüben gegeben. Für dich, Mutti!"

Die Mutter wickelt überrascht das Papier aus. Und sie hält eine kleine Statuette in ihren Händen — eine alte mexikanische Schnitzarbeit, die einen Jungen darstellt.

„Mein Gott, wofür soll ich das denn haben?" fragt die Mutter mehr als erstaunt. „Das ist doch viel zuviel für die kleine Hilfe. Ich habe nie an eine Vergütung gedacht."

Der Vater lächelt: „Das glaube ich dir, Meike. Ich habe auch nicht damit gerechnet. Da er es dir aber geschenkt hat, wirst du es nehmen müssen. Die Figur ist wunderbar." Und er sagt mit einem kleinen Seitenblick auf seine staunenden und überraschten Kinder: „So wird im Leben oft eine gute Tat belohnt — sie muß nur aus einem reinen Herzen kommen. Glaubt mir das, und schreibt es euch hinter die Ohren."

Markus nickt, und Manni staunt noch immer die Holzplastik an. Molli und Melli aber wechseln einen raschen Blick.

„Ja, Vati", sagen sie beide leise und denken an die zerschlagene Kellerfensterscheibe. Ganz wohl ist ihnen nicht bei dem Gedanken...

*

Und wieder einmal musizieren Molli und Melli bei Herrn Artmann. Er hat entdeckt, daß die Zwillinge sehr schnell aufnehmen, wie er das nennt. Nun bekommen sie auch Klavierstunden. Er hat sich nun einmal vorgenommen, ‚aus den Kindern etwas zu machen'. Molli denkt, daß Künstler nun einmal so sind — ein bißchen versponnen. Für sie gibt es nichts auf der Welt, was Bedeutung hat, außer ihrer Kunst natürlich.

„Nehmt doch bitte ein paar Einladungen mit", sagt Frau Artmann nach dem Unterricht, „für eure Eltern und ein paar andere Leute."

„Gern", erwidern die Mädchen und verabschieden sich.

„Na, für Herrn Edler tun wir das aber nicht gern", sagt Melli unterwegs zu Molli. „Ich gehe jedenfalls nicht zu ihm."

„Ich auch nicht", erwidert Melli. „Wir nehmen die Einladung

erst mal mit nach Hause. Vielleicht geht Mutti zu ihm 'rüber, die mag ihn ja gern."

Sie geben die Einladungen bei Schäfers und den übrigen Nachbarn ab und legen auch den Eltern einen Umschlag auf den Tisch.

„Wir laden Herrn und Frau Meinhardt recht herzlich zu einem Musikabend ein. Bitte bringen Sie auch Ihre Instrumente mit. Wir erwarten Sie am Freitag um 20 Uhr in unserem Hause", liest die Mutter vor.

„Das ist ja prima", sagt der Vater erfreut, „so etwas habe ich mir schon immer gewünscht. Wir haben wirklich Glück, daß wir Artmanns in unserer Nähe haben. Das wird gewiß ein schöner Abend werden."

„Das glaube ich auch", lächelt die Mutter.

„Na, und wir?" fragt Manni, „sollen wir denn zu Hause bleiben?"

„Ja, das ist ein Musikabend für die Erwachsenen. Es werden da keine Kinderlieder gespielt, Manni. Was wir zu hören bekommen, verstehen kleine Kinder noch nicht."

„Aber wir würden das doch verstehen", erwidert Markus etwas gekränkt, „man hätte uns wirklich auch einladen sollen."

„Wir können Artmanns keine Vorschriften machen. Die Erwachsenen wollen ja auch einmal unter sich sein. Ihr Kinder seid schließlich auch den ganzen Tag unter euch."

„Das ist doch was anderes, Mutti", meint Molli, „uns hätten Artmanns aber doch wirklich mit einladen können. Melli und ich spielen doch schon richtige Stücke. Und mit unserem Gesang ist Herr Artmann auch zufrieden."

„Da ist nichts zu machen, Kinder. Später wird er euch bestimmt auch einladen. Ich kann mir vorstellen, daß Artmanns in Zukunft recht häufig solche Hauskonzerte veranstalten. Aber was versteckst du da in deiner Hand, Melli? Ist das etwa noch eine Einladung?"

„Ach die? Ja, die ist für Herrn Edler."

„Was, der ist auch eingeladen?" ruft Markus. „Na, da bin ich doch froh, daß ich nicht mit dabei bin."

„Seid nicht so ungerecht und vorlaut! Der Mann hat euch

nichts getan. Geh hinüber, Melli, und übergib ihm die Einladung."
„Mutti, kannst du sie ihm nicht bringen?" fragt Melli kleinlaut. „Ich mag wirklich nicht hingehen."
„Warum denn nicht? Du hast den Auftrag angenommen, also schaffst du den Brief auch hinüber."
„Markus kann doch gehen."
„Ich? Wie komme ich denn dazu?"
„Kinder, was ist nur in euch gefahren?" Der Vater sieht von einem zum anderen. „Ihr tut ja gerade, als würde man euch dort den Kopf abreißen. Herr Edler ist sehr nett. Er gefällt mir wirklich. Ich freue mich, daß Artmanns ihn auch eingeladen haben. Er kommt mir vereinsamt vor."
„Manni, willst du nicht gehen?" Molli beugt sich zu dem kleinen Bruder. „Sieh mal, Manni, der Mann hat längst vergessen, daß er mit dir gezankt hat."
„Ja, immer die Kleinen", mault Manni. „Wenn keiner will, muß ich gehen. Gib her, ich schmeiße ihm den Brief in den Briefkasten."
„Nein, du wirst ihn schön abgeben!" bestimmt der Vater. „Ich werde am Fenster beobachten, daß du meine Anordnung genau befolgst!"
Manni nimmt die Einladung und geht über die Straße. Er läutet an der Tür. Herr Edler öffnet ihm und läßt ihn eintreten.
„Jetzt ist Manni im Löwenkäfig verschwunden", scherzt Melli und blickt mit durch die Gardine im Spielzimmer.
„Ob er ihn auffrißt?" neckt Molli.
Aber da kommt Manni schon wieder. Er flitzt über die Straße und schwenkt etwas in seiner erhobenen Hand.
„Was ich bekommen habe!" ruft er.
„Uih", haucht Molli, „er hat wahrhaftig eine Tafel Schokolade bekommen."
„Na, habe ich nicht gesagt, daß Herr Edler ein netter Herr ist?" fragt der Vater mit ein wenig Nachdruck.
Alle gönnen dem kleinen Bruder die Schokolade. Er hat sich schließlich hinüber gewagt. Und das ist schon eine Belohnung wert.

Auf dem Amselweg und seiner Umgebung zu spielen, das macht wirklich Spaß. Was gibt es da für Verstecke? Baubuden, Bretterstapel, Zaunteile, die zu großen Blöcken zusammengesetzt sind, halbfertige Häuser, Keller... So kommt es, daß die Meinhardtkinder mehr im Freien als in ihren Zimmern sind. Mohrle tobt zwischen ihnen, und Lissi, Tina und Dieter sind prächtige Spielgefährten.

Diesmal entdeckt Ralf den kleinen Sportwagen seiner Mutter zuerst. Die Kinder rennen zu Frau Artmann.

„Uih, Mutti, was hast du da alles eingekauft?" fragt Tina ganz erstaunt. Die Mutter hebt die Pakete und Päckchen aus dem Wagen und drückt sie ihren Kindern in den Arm.

„Tragt mir das ins Haus, dann könnt ihr gern wieder spielen gehen. Das sind Kleinigkeiten für unseren Musikabend. Denn wir wollen ja nicht nur spielen, sondern uns auch zu einem kleinen Imbiß zusammensetzen."

„Ja, ich weiß", nickt Tina, „das macht man immer so auf einer Party. Es ist schade, daß wir nicht dabei sein dürfen."

„Ein andermal, Kleines, erst wollen wir Großen uns einmal richtig kennenlernen, und da möchten wir schon unter uns sein." Molli und Melli haben aufmerksam zugehört. Melli sieht nachdenklich vor sich hin.

„Wißt ihr was? Ich habe eine Idee. Kommt mal mit zu der Baustelle am unteren Amselweg. Da werde ich euch was sagen." Sie marschieren los und hocken sich auf die herumliegenden Hohlblocksteine. Erwartungsvoll gucken sie Melli an. Sie sagt: „Wenn die Großen einen Musikabend veranstalten, dann können wir das doch auch! Tina kann Klavier spielen, Ralf Geige, Molli Melodica und ich Blockflöte. Das reicht doch für einen Musikabend — oder?"

„Ich habe noch meinen Triangel!" ruft Manni. „Den hast du vergessen!"

„Du bist noch viel zu klein, du gehst ins Bett", sagt Molli.

„Die Idee ist gut!" Dieter pfeift durch die Zähne. „Was die Großen können, können wir noch allemal. Das heißt — Petra und ich können nichts spielen... Musikalisch sind wir nicht gerade."

„Das macht doch nichts", wirft Markus ein, „wir brauchen doch auch unser Publikum."

„Da nehmen wir wieder die Puppen und Teddys zu Hilfe. Bringt alle eure Puppen mit, Tina und Petra — bitte!"

Tina überlegt: „Ach, es geht ja doch alles nicht. Die Eltern lassen uns am Abend bestimmt nicht weggehen."

„Das glaube ich!" lacht Melli. „Wir dürfen es ihnen nicht sagen. Wir machen das heimlich. Bis die Eltern nach Hause zurückkommen, liegen wir längst in den Betten."

„Meinst du, daß das klappt?" fragt Ralf skeptisch.

„Warum denn nicht? Wir müssen uns vorher nur alles gut überlegen."

Dieter sagt triumphierend: „Ich habe einen Hausschlüssel. Den hat mir Mutti gegeben, damit ich sie nicht immer bei der Arbeit störe, wenn ich mit Petra und Nelli ins Haus will. Ich brauche nur aufzuschließen und draußen sind wir."

„Wir müssen uns dann hinausschleichen, wenn die Großen gerade musizieren", überlegt Ralf. „Was meinst du, Tina?" Tina ist sich noch nicht klar. Fast ein wenig ängstlich fragt sie: „Wenn aber die Eltern nun doch merken, daß wir nicht in den Betten liegen?"

„Ach, die merken das nicht. Du weißt, wenn sie Musik machen, vergessen sie die ganze Welt. Wir müssen nur beizeiten wieder zurück."

„Ich will aber nicht ins Bett", trotzt Manni, „ich will auch dabei sein, wenn ihr Musik macht."

„Und ich auch", piepst die kleine Nelli hinterher.

„Nelli, das verstehst du alles noch nicht", meint Petra. „Du bist wirklich noch zu klein."

„Wenn ich zu Hause bleiben muß, dann sage ich es Mutti."

„Ach du liebe Zeit!" murrt Markus, „das hat uns noch gefehlt. Dann bringe sie lieber doch mit, Petra."

„Na gut, und wie wollen wir es genau einrichten?"

„Wenn eure Eltern das Haus verlassen haben, kommt ihr einfach zu uns 'rüber. Das ist alles", sagt Melli zu Dieter und Petra. „Und wenn eure Eltern mit dem Konzert angefangen haben, nimmst du deine Geige und kommst ebenfalls", wendet sie sich an Ralf. „Tina spielt auf unserem Klavier. Das wird ein feiner Musikabend, sage ich euch!"

Sie sind natürlich alle aufgeregt und finden ihren Plan einfach großartig. Molli und Melli können den Abend kaum erwarten. Endlich zieht die Mutter ihr schönstes Sommerkleid an, und der Vater holt nach langer Zeit wieder einmal seinen dunklen Anzug aus dem Schrank.

„Du siehst einfach schick aus, Mutti!" ruft Molli begeistert.

Die Mutter lächelt: „Das Kleid hat ja auch Tante Molena für mich gemacht. Bisher habe ich es kaum gebraucht. Aber heute ist es gerade das richtige."

„Und ich?" fragt der Vater blinzelnd, „wie sehe ich aus? Will mich denn keiner gebührend bewundern?"

„Wie ein Filmstar!" ruft Melli, „einfach toll!"

„Ihr dürft noch ein wenig aufbleiben", sagt gutgelaunt die Mutter, „aber um halb neun Uhr verschwindet ihr, verstanden?"

Alle nicken und blinzeln sich heimlich zu.

Dieter und Petra dürfen auch noch ein wenig aufbleiben. Aber die kleine Nelli wird von der Mutter noch schnell ins Bett gebracht. Natürlich will sie protestieren, aber Petra flüstert ihr zu:

„Laß dich nur zu Bett bringen. Wenn die Eltern fort sind, holen wir dich wieder raus."

So legt sie sich brav ins Bett, und die Mutter gibt ihr einen Gutenachtkuß. Sie ist so müde, daß sie eingeschlafen ist, noch ehe die Eltern das Haus verlassen haben.

„Die lassen wir schlafen", flüstert Dieter der großen Schwester zu, „die ist doch noch zu klein und versteht nichts von Musik. Sie würde wirklich nur stören."

Petra nickt. Der Pudel Lissi schläft in seinem Körbchen und so wäre alles in bester Ordnung. Leise schließt Dieter die Haustür auf und schaut auf die Straße. Es dämmert bereits. Bei Artmanns sind alle Fenster hell erleuchtet.

„Komm", nickt Dieter und winkt Petra.

„Ach, ich habe die beiden Puppen vergessen", flüstert sie, „die muß ich noch holen."

„Unsinn, wozu denn? Die verstehen noch weniger von Musik als Nelli. Los, die anderen werden schon auf uns warten."

Aber Petra gibt nicht nach. Sie rennt nach oben in ihr Zimmer, um ihre Lieblingspuppen zu holen. Damit Nelli nicht aufwacht, macht sie kein Licht. Im Dunkeln sucht sie nach ihren Puppen und übersieht dabei einen Stuhl, den die kleine Schwester vorhin vor den Kindertisch geschoben hat. Er stößt krachend gegen den Schrank und Nelli fährt mit einem Schrei des Entsetzens aus dem Schlafe. Eben noch hat sie so schön geträumt.

„Sei still, ich bin's nur", flüstert Petra, „schlaf weiter, Nelli. Ich wollte mir nur die Puppen holen."

Aber Nelli erinnert sich sofort, warum ihre Schwester die Puppen holt und natürlich quengelt sie:

„Ich will auch mit zu Molli und Melli. Du hast es mir versprochen."

„Aber jetzt liegst du im Bett und sollst schlafen. Du bist wirklich noch zu klein für einen Musikabend."

„Manni ist doch auch dabei, und er ist nicht älter als ich!"

Petra wird ungeduldig.

„Also gut, komm, ich helfe dir beim Anziehen. Aber wenn du etwas verrätst, versohle ich dich."

„Petra, wo bleibst du denn?" ruft Dieter leise von unten. „Mach schnell!" Da kommt Petra mit der kleinen Nelli die Treppe herunter. Sie hat verwuscheltes Haar und ihr Kleidchen ist schief zugeknöpft.

„Ich hatte es mir doch gedacht", knurrt er, „also los jetzt, sonst findet die Party ohne uns statt."

Er schließt leise die Haustür ab, und schon schleichen sie sich auf leisen Sohlen zu Meinhardts Haus hinüber.

Ralf und Tina horchen nach unten. Auch sie sind voller Spannung. Verhaltene Geräusche klingen zu ihnen herauf. Eine Geige wird gestimmt, und schnelle Finger huschen über die Tasten des Flügels. Als ihnen die Eltern ‚Gute Nacht' wünschten und die Treppe hinunter gegangen waren, sind sie schnell wieder aus ihren Betten gestiegen und haben sich angezogen. Nun warten sie oben an der Treppe. Im Hause ist es still, nur im Musikzimmer geht es lebhaft zu. Die großen Fenster lassen das Licht des Kronleuchters breit in den Garten strahlen.

„Komm", winkt Ralf der Schwester zu, „jetzt können wir es

wagen." Tina drückt ihre beiden Puppen an sich und schleicht hinter Ralf her. Durch die gerippte Glastür des Zwischenflurs schimmert das Licht bis ins Treppenhaus. Lautlos sind sie bis ins untere Stockwerk gelangt und so leise wie möglich drücken sie auch die Tür des Bades hinter sich zu. Ralf steigt als erster aus dem Fenster. Dann nimmt er Tina die Puppen ab und hilft ihr beim Abstieg. Sie stehen an der Schmalseite des Hauses. Ralf sieht sich um. Niemand ist zu sehen. Er winkt Tina und endlich laufen sie zu Meinhardts Haus hinüber.

„Nun sind wir alle beisammen", stellt Markus fest, „der Musikabend kann beginnen."

Er hat im Wohnzimmer die Rolladen herabgelassen und genau geprüft, ob auch nicht ein einziger Lichtstrahl nach draußen fällt. Das Wohnzimmer liegt zwar nach der Gartenseite zu, genau wie das Musikzimmer der Artmanns auf der gegenüberliegenden Seite, aber es ist besser, wenn man aufmerksam ist.

Dieter, Petra und die kleine Nelli sitzen mit ihren Puppen und Teddys als aufmerksames Publikum an der Seite.

Molli sagt: „Meine Damen und Herren, wir freuen uns, daß Sie zu unserem Musikabend gekommen sind. Als erstes spielt Tina Artmann, äh, was spielst du, Tina?"

„Den zweiten Satz aus der kleinen Nachtmusik von Mozart", flüstert Tina. Molli wiederholt ihre Ansage, die ein wenig verunglückt war, und dann sitzen sie alle mucksmäuschenstill da. Tina spielt wirklich sehr gut. Man merkt, daß sie in ihrem Vater einen vorzüglichen Lehrer hat. Das Publikum klatscht freundlichen Beifall.

Molli sagt wieder an: „Nun singen Molli und Melli Meinhardt ein Lied von Franz Schubert. Es heißt ,Die Forelle'. Wir haben es bei Herrn Artmann gelernt."

„Das brauchst du doch nicht dazu zu sagen", redet Markus dazwischen, „in einem richtigen Konzert wird so was auch nicht bekanntgegeben."

Molli überhört das. Tina begleitet die Zwillinge, und der große Bruder wundert sich wirklich, wie schön die Schwestern singen können. Das hatte er bisher gar nicht bemerkt. Dann spielt Ralf auf seiner Geige, von Tina begleitet. Anschließend versuchen sie alle zusammen ein Volkslied zu spielen, Molli auf der Melodica, Melli auf der Blockflöte und Manni auf seinem Triangel. Tina begleitet das Trio auf dem Klavier und Ralf spielt Geige dazu.

„Na, das war doch schon eine Wucht in Tüten", meint Markus hinterher. „Wenn man bedenkt, daß ihr das vorher gar nicht geübt habt..."

Später gesteht er: „Seid mir nicht böse, aber ich habe inzwischen einen Mordshunger bekommen."

„Ich könnte auch etwas vertragen", meint Dieter, und Petra nickt zustimmend.

„Ich will eine Banane", flüstert Nelli ganz verschlafen. Die Augen waren ihr zugefallen.

„Jetzt machen wir eine Pause", ordnet Molli an. „Petra und Tina, kommt bitte mit in die Küche. Ihr deckt den Tisch, und ich räume inzwischen mit Melli den Kühlschrank aus. Bei uns gibt es auch einen Imbiß, genau wie bei Artmanns."

„Na", fragt Tina, „wie spät ist es denn? Vielleicht müssen wir bald aufhören? Schließlich wollen wir uns nicht überraschen lassen — oder?"

„Es ist nach neun Uhr. So früh ist der Musikabend bei euch nicht zu Ende", lacht Markus, „das geht da drüben bestimmt noch bis zwölf Uhr. Und wenn alles vorbei ist, dann gehen die Erwachsenen meist zum gemütlichen Teil über, trinken ein Glas Wein und unterhalten sich..."

So gehen die Mädchen in die Küche, um den Imbiß fertig zu machen. Tina und Petra decken inzwischen im Wohnzimmer und legen die Bestecke zurecht. Es soll genauso hübsch sein wie bei den Erwachsenen. Warum auch nicht. Schließlich haben auch sie sich viel Mühe gegeben.

Molli und Melli tragen Brot, Wurst, Käse und Fischkonserven ins Wohnzimmer. Es ist noch ein Rest Kartoffelsalat da. Dazu braten sie Eier. Nelli bekommt die letzte Banane, die eigentlich für Manni reserviert war. So sitzen sie gemütlich beisammen und lassen es sich schmecken. Übrig bleibt nicht viel, aber darüber machen sie sich keine Gedanken.

„Nun spielen wir wieder", sagt Melli, „das Geschirr tragen wir später in die Küche. Es stört uns ja nicht."

Tina möchte zwar lieber abdecken, aber davon wollen die anderen nichts wissen. Sie spielen und singen, und die Zeit vergeht wie im Fluge. Nelli ist auf der Couch eingeschlafen. Mohrle hat sich über Markus' Füße gelegt. Er war nur kurz aufgewacht, als die Kinder über die Diele zur Küche liefen. Nun ist er ein stiller und geduldiger Zuhörer. Musik kann ihn nicht gerade begeistern...

Der Abend bei Artmanns ist ein voller Erfolg gewesen. Man hat sich näher kennengelernt und an der Musik Beethovens, Bachs und Mozarts Freude gehabt. Bei einem delikaten Imbiß und einem guten Pfälzer haben sich die Nachbarn nahezu angefreundet. Herr Edler, der bisher sehr einsam lebte, hat sich lange nicht so wohl gefühlt. Das stimmt ihn sehr froh.

Während einer kleinen Pause sagt Frau Schäfer: „Bitte entschuldigen Sie mich kurz. Ich möchte nur schnell einmal nach den Kindern sehen. Wir gehen so selten aus. Vielleicht ängstigen sie sich..."

Die anderen verstehen das, und Frau Schäfer eilt zur Haustür. Ihr Haus gegenüber liegt im tiefen Dunkel. Aber bei Meinhardts brennt noch Licht. Das Küchenfenster an der seitlichen Front steht ein wenig offen und ist erleuchtet. Sie sieht hinter dem Vorhang einen Schatten vorüber huschen und hört auch ein kratzendes, verdächtiges Geräusch. Mein Gott, es wird doch nichts passiert sein? Sprach nicht Herr Edler von einem zerschlagenen Kellerfenster in seinem Hause und von Erdspuren auf der Terrasse? Sollten die Einbrecher es jetzt auf Meinhardts Haus abgesehen haben?

Sie läuft hastig zu Artmanns zurück. Natürlich sind alle mächtig erschrocken.

„Ich gehe sofort hinüber", Herr Meinhardt steht kurzentschlossen auf, „bleibe du hier, Meike. Ich bringe das schon in Ordnung."

„Nein, ich lasse dich nicht allein gehen, Martin. Ich komme mit."

„Wir kommen alle mit", entscheidet Herr Schäfer. „Die Eindringlinge werden sich so vielen Leuten nicht widersetzen können. Dann rufen wir die Polizei an."

„Und wenn sie die Leitung zerstört haben?" gibt Frau Meinhardt zu bedenken.
„Wir haben alle Telefon. Haben Sie keine Angst, Frau Meinhardt. Den Gaunern wird das Einsteigen in fremde Häuser bald vergangen sein."
Die Straßenlampen brennen nur spärlich in diesem Neubaugebiet. Sie schaukeln im lauen Sommerwind hin und her und werfen ihr fahles, gelbes Licht auf das Haus von Herrn Edler und auf den halbfertigen Bau gegenüber.
Meinhardts Haus dagegen liegt im Schatten. Aber das Küchenfenster strahlt wie ein goldenes Viereck in die Nacht. Entschlossen geht Herr Artmann mit seinen Gästen über die Straße.
„Das Haus ist nicht verschlossen", flüstert die Mutter. „Ich weiß aber genau, daß ich es abgeschlossen hatte, ehe wir aufbrachen."
Alle sehen sich an. Schnell zieht der Vater einen Schlüssel aus der Tasche und drückt leise die Haustür auf. In der Diele ist es dunkel, um so deutlicher erkennen sie den schmalen Lichtspalt unter der Wohnzimmertür. Der Vater schaltet leise die kleine Wandleuchte ein, und gerade in diesem Moment erklingt eine Geige. Sie spielt das Wiegenlied von Brahms ‚Guten Abend, gute Nacht'. Leise wird das Klavier angeschlagen, und dann fallen Melodica und Blockflöte ein. Überrascht sehen sich die Erwachsenen an. Herr Artmann erkennt den Geigenstrich seines Jungen und den Tastenanschlag Tinas sofort. Hier kann es keinen Zweifel mehr geben! Die Großen rühren sich nicht, aber ein Lächeln liegt jetzt auf ihren Gesichtern. Sie haben den heimlichen Spuk durchschaut.
Als das Stück verklungen ist, öffnet der Vater die Tür. Erschrockene Augen sehen ihn an.
„Vati, Mutti, wo kommt ihr denn her?" stottert Molli mit dünner Stimme.
„Von Artmanns! Aber euch möchte ich mal fragen, was hier los ist!"
„Kommt ihr schon nach Hause?" fragt Melli, der das alles mächtig peinlich ist.
„Nein, wir wollten eigentlich noch ein wenig bleiben. Aber wir

sahen unser erleuchtetes Küchenfenster und befürchteten, daß hier etwas nicht in Ordnung sei. Deshalb kamen wir herüber. Und ich finde, daß wir nicht im Unrecht sind!"

„Das Küchenfenster?" Markus sieht Manni an. „Ja, hast denn du das Licht nicht wieder ausgemacht, als du dir ein Glas Milch geholt hast?"

Manni sieht kläglich drein: „Auweh, das habe ich vergessen!"

„So ist das nun, wenn man euch Babys zu einem Konzert zuläßt", grollt der große Bruder. „Ihr seid mir ein schönes Publikum."

Natürlich hat die Mutter die Bescherung schnell erkannt und richtig eingeschätzt. „Vielleicht darf ich mal wissen, was hier gespielt wird?" fragt sie; denn das hätte sie ihren Kindern nicht zugetraut. Hinter ihrem Rücken? Nein, das geht ihr denn doch zu weit!

Leise gesteht Molli: „Wir haben unsere Freunde auch zu einem Hauskonzert eingeladen." Sie stottert wieder ein bißchen, was sie immer tut, wenn sie kein reines Gewissen hat. „Wir wären doch so gern mit bei Artmanns gewesen. Da haben wir uns eben so geholfen."

Petra ergreift die Partei der Zwillinge. „Mutti, Vati", ruft sie begeistert aus, „glaubt mir, es war wunderschön. Ich beneide Molli und Melli um ihre Stimmen. So möchte ich auch singen können. Und was Tina und Ralf können, meine Güte — das solltet ihr hören." Dem guten Mädchen scheint gar nicht bewußt zu sein, daß sie hier ertappt worden waren! Daß man ihnen auf die Schliche kam...

Herr Artmann, der nicht vergessen hat, daß er auch mal ein Lausbub war, gesteht: „Nun, meine Freunde, was ich eben gehört habe, das war schon — muß ich eingestehen, das war schon ..." Er schnalzt mit der Zunge ... „Recht ansprechend war das... doch, doch!"

Den Kindern fällt ein Stein vom Herzen, nein, ein ganzer Steinbruch.

Dann fragt Herr Artmann: „Nun Markus, wie wäre es bei dir? Möchtest du nicht auch ein Instrument spielen lernen?"

Markus schüttelt den Kopf: „Nein — ich bin fürs Technische.

Aber ich hätte einen großen Wunsch. Ich möchte mich mal mit Herrn Schäfer unterhalten, wenn er Zeit hat."
Da lacht der Angesprochene und antwortet: „Aber gern. Dieter sagte mir schon, daß du einmal Ingenieur werden möchtest. Ich will dich gern beraten."
Darüber freut sich Markus natürlich sehr. Und so hat der heimliche Musikabend doch noch ein gutes Ende gefunden.

Die Versöhnung

Jeden Vormittag, fast um die gleiche Zeit, kommt der Briefträger um die Ecke des Amselweges. Molli und Melli haben ihn bisher kaum beachtet, aber heute laufen sie ihm fast vor die Füße. Melli schiebt ihren Puppenwagen mit ihren Lieblingen Janna und Ulla. Molli hat Mohrle an der Leine.
„Wollen wir ihn fragen, ob er Post für uns hat?" fragt Melli.
„Die Großeltern haben uns lange nicht geschrieben", meint Molli, „vielleicht bringt er uns einen Brief von ihnen."
Der Postbote wirft in die Kästen der Häuser seine Briefe und Karten. Er lacht, als er die beiden Mädchen sieht.
„Das ist so richtiges Wetter, um die Kinder spazieren zu fahren, nicht wahr, meine Damen?" sagt er fröhlich und zwinkert von einer zur anderen. „Sagt mal, ihr Hübschen, wißt ihr denn überhaupt, wer ihr seid? Wie heißt du?"
„Melanie Meinhardt."
„Ich heiße Molena Meinhardt."
„Ja, ja, das weiß ich. Meinhardt heißt ihr. Aber bist du auch sicher, daß du wirklich Molena heißt und nicht Melanie?" Molli macht ein langes Gesicht. Sie weiß nicht, was sie von den Worten des Briefträgers halten soll.

Melli lacht: „Natürlich ist das Molena. Ich bin Melanie."
„Na, ich wäre da nicht so sicher. Stellt euch vor, während ihr geschlafen habt, ist ein Zauberer gekommen. Er hat Molena aus ihrem Bett genommen und in deins gelegt. Er hat euch einfach vertauscht. Als du heute früh aufgewacht bist, warst du nicht Molena, sondern Melanie. Na, was sagst du nun?"
Die Mädchen sehen sich an. Der Briefträger muß sich das Lachen verkneifen, denn er sieht, wie sie unsicher werden. Wenn das nun wahr wäre? Molena ist gar nicht Molena, sondern Melanie?
„Ach, Sie machen nur Spaß", sagt Melli schließlich, „ich weiß doch, daß ich Melanie bin."
„Ja, wir wissen doch ganz genau, wer wir sind", lacht nun

auch Molli, „wir können uns doch nicht verwechseln. Das passiert nur den anderen Leuten. Aber die bringen uns immer durcheinander."

„Haben Sie Post für uns, Herr Briefträger?"

„Ich glaube ja." Er blättert in seiner Tasche, aus der er zwei Karten und einen Brief holt.

„Oh, eine Karte von Kerstin und eine von Tante Melanie!" ruft Molli. „Ja, und ein Brief von den Großeltern! Tatsächlich! Er ist ja auch längst fällig."

Der Briefträger hat noch einen großen, dicken Brief in die Hand genommen.

„Ist der auch für uns?" fragt Melli.

„Nein, der ist nicht für euch. Der ist für Herrn Edler bestimmt. Wißt ihr, ob er daheim ist? Ich brauche nämlich seine Unterschrift."

„Ja, er ist da. Er ist im Garten bei den Handwerkern. Sie bauen ihm seine Terrasse fertig."

„So, na dann gehe ich mal 'rüber." Er stiefelt über die Straße und läutet an der Tür.

Herr Edler öffnet ihm. Er bekommt seinen Einschreibebrief und unterschreibt die Quittung. Molli und Melli sehen von weitem zu.

„Was nur in dem dicken Brief war", fragt Melli. „Sicher war es ein Buch."

„Oder Zeitungen?! Weißt du, Molli, ich möchte eigentlich gern mal sehen, was die Handwerker an seiner Terrasse machen." Melli sieht die Schwester mit großen Augen an.

„Du hast Molli zu mir gesagt! Ich bin doch Melli! Weißt du denn das nicht mehr?"

„Ich soll Molli zu dir gesagt haben? Das glaubst du doch selbst nicht. Ich weiß doch, daß du Molli bist..."

„Da, jetzt hast du es wieder gesagt! Ob uns der Zauberer vielleicht doch vertauscht hat?"

Molli guckt ganz verdutzt drein.

„Du bringst mich ja ganz durcheinander. Ich bin Molli..."

„Ach, nun weiß ich überhaupt nichts mehr. Komm mit zu Mutti, wir wollen sie fragen."

Melli fährt den Puppenwagen an die Seite des Hauses. Molli stürmt aufgeregt ins Haus, der Mutter direkt in die Arme.

„Was ist denn passiert, Melli? Warum bist du so aufgeregt?" Molli sieht die Mutter erschrocken an. Also ist es wahr, sie ist gar nicht Molli.

„Bin ich nicht Molli?" fragt sie kläglich.

„Aber Kind, das mußt du doch wissen!" lacht die Mutter, „für einen Augenblick dachte ich, du seist Melli."

„Ich weiß nicht mehr, wer ich bin", stottert Molli, und eine dicke Träne kullert über ihr Gesicht.

Da kommt Melli herein gestürmt.

„Mutti, wer bin ich, Molli oder Melli?"

„Du liebe Zeit, so was habt ihr mich ja noch nie gefragt! Bisher habt ihr doch immer gewußt, wer ihr seid. Wie kommt ihr denn jetzt darauf?"

„Der Briefträger hat gesagt, ein Zauberer hat uns in der Nacht vertauscht. Und nun wissen wir nicht mehr, wer wir sind."

„Er hat nur Spaß mit euch gemacht. Habt ihr das nicht gemerkt? Laßt euch ansehen", sie stellt ihre beiden Mädchen nebeneinander.

Zwei erwartungsvolle Gesichter sehen sie an. Die großen Blauaugen mit dem schwarzen Wimpernkranz sind ängstlich auf die Mutter gerichtet. Die Sonne schimmert in den blonden Haaren, die sich auf den Schultern in kleinen Löckchen kräuseln. Wie ähnlich sich die beiden sehen, wie unglaublich ähnlich!

„Ihr habt mich tatsächlich ein wenig durcheinander gebracht", sagt die Mutter leise. „Jetzt muß ich mein Herz fragen, wer Molli und wer Melli ist." Und wieder sieht sie die Mädchen prüfend an. Dann aber zieht sie die eine zu sich heran. „Du bist Molli." Dann nimmt sie die andere in ihre Arme, „und du bist Melli!"

Die Zwillinge lachen.

„Ja, Mutti, jetzt ist's wieder richtig. Ich bin Molli..."

„Und ich bin Melli."

„Der Briefträger ist ein Till Eulenspiegel", lacht die Mutter, „laßt euch von ihm nicht wieder verwirren. Hat er übrigens Post für uns gehabt?"

„Ach ja!" ruft Melli, „die liegt ja noch im Puppenwagen!" Zuerst lesen sie Tante Melanies Feriengruß aus Tirol, dann bewundern sie Kerstins Karte aus Italien. Zuletzt öffnen sie den Brief der Großeltern.

„Nun sind eure großen Ferien bald wieder zu Ende", schreiben sie, „wir hätten euch alle gern wieder einmal hier gesehen, aber wir verstehen natürlich auch, daß ihr jetzt gern in eurem neuen Haus seid. Opa und ich hoffen aber, daß ihr im nächsten Jahr zu uns kommt."

„Ja, nächstes Jahr fahren wir zu den Großeltern!" ruft Molli, „das wird eine schöne Fahrt mit unserem Maikäfer!"

„Geht noch ein wenig nach draußen", sagt die Mutter. „Ich habe noch allerlei zu tun. Bis zum Mittagessen möchte ich mit meiner Arbeit fertig sein."

Das lassen sich die Mädchen nicht zweimal sagen. Bei diesem Wetter nicht. Wie die Sonne vom Himmel lacht. Groß ist sie und rund. „Wie ein Ballon vom Schützenfest", meint Molli. Aber Melli widerspricht: „So schön kann kein Luftballon sein." Zwei Wolken segeln am Horizont entlang, leichte, weiße Gebilde.

„Schau mal, Molli!" Die Schwester hat sich gebückt, um eine Zeichnung aufzuheben, die ihr der laue Wind vor die Füße getragen hat. „Das ist vielleicht hübsch", stellt Melli fest. Sie bewundern den Frauenkopf und beschließen, ihn mit nach Hause zu nehmen. „Findest du auch, daß er Ähnlichkeit mit unserer Mutti hat?" fragt Melli. Und wirklich! Das kann Molli nicht bestreiten. „Ich komme mir wie ein Schatzsucher vor", sagt sie.

Und da hat das Mädchen wirklich nicht unrecht. Freilich weiß es nicht, warum ...

Denn für Herrn Edler bedeutet die Zeichnung tatsächlich einen Schatz.

Wenn seine Putzfrau ...

Doch schön der Reihe nach!

Der Kunsthändler und Nachbar Edler hatte den Einschreibebrief, den er bekommen hat, sehr sorgfältig und nicht ohne Neugier geöffnet. Er wußte, daß er zwölf wertvolle Zeichnungen bringen würde, kleine Kostbarkeiten, auf die er sich schon lange gefreut hatte. Er breitete die Blätter auf seinem großen Schreibtisch aus, um sie zu betrachten. Aber leider wurde er gestört. Die Putzfrau erschien mit dem Staubsauger, um Ordnung zu schaffen. Nun ja — da kann man nichts machen —, auch dann nicht, wenn man Edler heißt und mit kostbaren Kunstwerken handelt. ‚Ich werde mal nach den Handwerkern sehen', denkt Herr Edler. Und so geht er in den Garten, während die Putzfrau, ein kleines Lied auf den Lippen, die Fenster weit öffnet! Die Tür ebenso. Was bedeuten für sie schon jene kleinen Blätter, jene Zeichnungen, die auf dem Schreibtisch ihres Arbeitgebers liegen.

Aber mit dem Wind, mit diesem närrischen Burschen, der trotz des blauen Himmels munter weht, hier ein Stück Papier vor sich herträgt, dort eine Gardine tanzen läßt, hat die gute Frau nicht gerechnet. Sie sieht nur noch, wie der freche Geselle eine Zeichnung ergreift und — husch — auf die Straße treibt.

Ja, da bekommt sie es doch mit der Angst zu tun. Schnell legt sie die Zeichnungen aufeinander. Natürlich hofft sie, daß der Kunsthändler Edler nichts davon merkt.

Doch daß Irren menschlich ist, soll sie schnell erfahren. Kaum daß der Hausbesitzer wieder im Raum ist, ruft er schon: „Hallo, he, hallo! Haben Sie vielleicht meine Zeichnungen neu sortiert...?!" Er zählt sie nach und entdeckt, daß es nur elf sind. Eine fehlt!

„Ich habe nichts weggenommen", stottert die Putzfrau.

„Nichts weggenommen, nichts weggenommen", erbost sich der brave Herr Edler, „aber die Fenster haben Sie aufgerissen. Herrgott — jetzt kann ich die Straße absuchen... Ich könnte Ihnen..." Aber er schweigt nun lieber. Und das ist auch gut so, denn was er seiner Reinemachefrau wünscht, muß hier nicht gesagt werden.

Ist vorhin nicht einer der Gartenarbeiter ins Haus gegangen, gerade als er mit dem anderen sprach? Sollte er die Zeichnung gestohlen haben?

Wie soll er aber herausbekommen, ob er sie an sich genommen hat oder nicht?

Er geht ins Haus zurück, gerade in dem Augenblick, als Molli und Melli wieder auf die Straße treten. Melli horcht auf.

„Da hörst du's? Herr Edler schimpft wieder einmal! Ich habe

mir doch gleich gedacht, daß er nur freundlich tut. In Wirklichkeit ist er böse und zänkisch. Daß das die Eltern nicht glauben wollen!"

„Höre nur, wie er schreit."

Sie starren zum Haus des neuen Nachbarn hinüber. Da tritt Frau Müller ans Fenster, um es zu schließen.

„Er hat mit der Putzfrau gezankt", stellt Molli fest.

Sie lauschen noch ein Weilchen, aber nun hören sie nichts mehr. Die Mutter entdeckt am Nachmittag die Zeichnung an der Wand im Mädchenzimmer, als sie die frische Wäsche in den Schrank räumen will.

„Wo habt ihr das denn her?" fragt sie. „Irgendwie kommt mir das Bild bekannt vor. Ich muß es schon einmal gesehen haben."

Da erzählen die Zwillinge, daß sie es auf der Straße gefunden haben.

„Jetzt weiß ich es", sagt die Mutter. „Es ist wohl die Kopie eines bekannten Bildnisses. Ich habe es in einer Zeitschrift gesehen. Es hängt im Louvre in Paris. Wie kommt das Blatt nur auf die Straße? Irgend jemand muß es doch gehören?" Und da fällt es ihr ein: „Da gibt es nur einen in unserer Nähe, der etwas von alten Kunstwerken versteht, Herr Edler." Molli und Melli sehen sich an. Sollte der Krach, den es eben mit Frau Müller gab, mit dieser Zeichnung zusammenhängen?

„Geht hinüber und bringt ihm das Bild."

„Wir gehen gar nicht gern hinüber", sagt Molli und denkt an die zerschlagene Scheibe, die sie nun einmal nicht so schnell vergessen kann.

Ob Herr Edler inzwischen entdeckt hat, daß sie die Sünder waren?

„Ihr bringt ihm das Bild", sagt die Mutter entschieden. Und so gehen Molli und Melli hinüber und läuten an der Tür. Der Nachbar ist noch sichtlich verärgert. Aber als er die Zeichnung in Mollis Händen erkennt, strahlen seine Augen, und er bittet die Zwillinge einzutreten.

„Erzählt mir, wo ihr sie gefunden habt", fragt er. „Ich bin ja so froh, daß ich sie wieder habe. Ihr müßt nämlich wissen, daß es eine sehr gute Kopie ist."

Die Mädchen erzählen. Sie sitzen im Wohnzimmer, vor dem die Handwerker an der Terrasse arbeiten. Hier sehen sie auch die alten Möbel wieder, über die sie kürzlich so gelacht haben. Sie stehen auf alten, dicken Teppichen und sehen tatsächlich wunderschön aus. Kunstvolle Vasen und Leuchter schmücken den Kamin, über dem ein Bild in einem Goldrahmen hängt. Molli und Melli sitzen in schweren, tiefen Sesseln, und sie finden alles großartig und gemütlich. Man muß so etwas eben aus der Nähe betrachten und — natürlich — ohne Vorurteil!

„Ich freue mich, daß ihr mich auch einmal besucht habt", sagt der Mann lächelnd. „Aber ich glaube, ihr fürchtet euch ein bißchen vor mir und seid gar nicht allzu gern gekommen." Die Mädchen werden rot. Kann er gar Gedanken lesen?

„Ja, nein, bestimmt nicht", stottert Melli verlegen, „es ist nur, weil Sie einmal so sehr mit unserem kleinen Bruder und Nelli gezankt haben."

„Ach ja — nun, ich war damals ein wenig ärgerlich, weil die Kleinen den Sand durcheinander gebracht hatten. Sicher hätte ich nicht so streng sein sollen, denn die Kinder wußten ja wohl gar nicht, daß man Baustellen nicht betreten darf. Es sind gefährliche Spielplätze."

„Ja, das haben uns Vati und Mutti auch gesagt", nickt Molli, „Manni macht das auch nicht wieder. Bestimmt nicht!"

„Dann ist es ja gut. Wißt ihr, ich bin viel allein. Meine Frau ist vor zwei Jahren gestorben, und Kinder hatten wir keine. Da bin ich recht einsam, ein bißchen wunderlich, und manchmal vielleicht auch ein wenig verstimmt. Aber ich meine es nicht so. Ich würde mich freuen, wenn wir drei gute Freunde würden. Wenn es euch Spaß macht, zeige ich euch bei Gelegenheit gern mein Geschäft. Es gibt dort sehr schöne Dinge zu sehen."

„Ja, unsere Mutti sagte uns schon, daß es in einem Anti — Anti — Geschäft besonders wertvolle Gegenstände zu bewundern gibt."

Da lacht er: „Antiquitäten ist ein schweres Wort, ich weiß. Ich habe aber nicht nur dort schöne, alte Werte gesammelt, sondern auch hier im Haus. Wenn ihr sie euch ansehen wollt?"

„O ja, das möchten wir gern", sagt Molli erfreut. Denn wie

neugierig sie ist, wissen wir ja schon. Sie wollten ja schon lange einmal hier spionieren. Nun brauchen sie es nicht mehr. Herr Edler führt sie durch das ganze Haus — und wirklich — ein Zimmer ist schöner und gemütlicher als das andere, trotz — oder gerade — wegen der vielen alten Möbel. Molli und Melli sind ganz begeistert. Noch auf dem Heimweg schwärmen sie davon.

„Weißt du Molli", sagt Melli unterwegs, „jetzt tut es mir doch sehr leid, daß wir Herrn Edler die Fensterscheibe eingeschlagen haben. Er ist doch wirklich nicht so, wie wir dachten."

„Ich auch — aber was wollen wir machen? Wenn wir ihm jetzt sagen, daß wir die Scheibe zertrümmert haben, dann ist er von uns enttäuscht. Gerade, wo wir uns so gut verstanden haben."

„Ja, das ist richtig, aber leid tut er mir doch. Ob wir es Mutti sagen?"

„Ach — Mutti würde uns gleich wieder 'rüberschicken, um unsere Sünde einzugestehen. Weißt du was? Wir sagen es Markus. Vielleicht weiß er Rat."

Markus arbeitet mit dem Vater im Garten. Sie haben Beete angelegt, Wintergemüse eingepflanzt und einen Teil des Grassamens ausgesät und außerdem junge Obstbäume eingesetzt. Schon jetzt kann man sehen, wie schön der Garten einmal aussehen wird.

Der Vater bespricht nach dem Mittagessen mit der Mutter den weiteren Gartenplan.

Molli sagt zu Markus: „Komm mit zu uns. Wir wollen dir etwas sagen." Ihr Gewissen läßt ihr keine Ruhe.

„Und ich?" fragt Manni, „kann ich auch mitkommen?"

„Nein, das ist nichts für dich. Nimm du Mohrle und geh zu Nelli hinüber."

Der Kleine schiebt die Unterlippe vor und ist beleidigt. Immer ist er zu allem zu klein! Nur wenn die anderen irgendwas nicht gern erledigen mögen, dann schicken sie ihn vor. Da ist er plötzlich ein lieber und großer Junge. Markus folgt den Schwestern in deren Zimmer, und Manni will gehen. Aber dann bleibt er doch stehen und kneift verschmitzt die Augen zusammen. Er wird es schon herauskriegen, was sie ihm verschweigen wollen. Also schleicht er zur Tür zurück und preßt sein rechtes Ohr dagegen.

„Markus, du mußt uns helfen", hört er, „wir haben etwas Dummes angestellt und wir wissen nicht, wie wir es gutmachen sollen. Vielleicht kannst du uns einen Tip geben..."
„Da bin ich aber gespannt. Habt ihr vielleicht Herrn Edler eine Bombe ins Haus geworfen?"
„Nein, so schlimm ist es nicht", lacht Melli. „Übrigens ist er gar nicht so böse, wie wir immer dachten." Ja, und dann erzählt sie dem Bruder, daß sie mit ihrer Schwester die wertvolle Zeichnung zurückgebracht hat und daß er sie in seinem Haus herumgeführt hat. „Es war einfach prima dort, Marks", schwärmt das Mädchen. „Das müßtest du mal sehen. Es würde dir auch gefallen. Und er war so nett zu uns, daß es uns ehrlich leid tut, die Scheibe zertrümmert zu haben."
„Was denn für eine Scheibe?" fragt Markus verwundert.
„Nun, die Kellerfensterscheibe hinten am Haus", sagt Molli.
„Was, das wart ihr? Ja, wie ist denn das passiert?"
„Wir wollten nur mal in sein Haus hineinsehen. Und dabei ist uns die Leiter ausgerutscht und ins Fenster geschlagen. Aber dann hat's doch geklappt, und wir haben von der Terrasse aus in sein Wohnzimmer sehen können. Deshalb hat er auch die Erdklumpen an der Leiter und auf der Terrasse gefunden. Das war genau an dem Tage, als er sein Haus bezog. Er dachte, es wären Einbrecher gewesen. Aber heute war er so nett, daß er uns leid tut. Wir bereuen unseren Fehler!"
Markus meint nach einer Weile: „Da er nicht ahnt, daß ihr das Kellerfenster zerdeppert habt, braucht er's auch jetzt nicht zu erfahren..."
„Meinst du? Aber er wird immer denken, daß es hier Einbrecher gibt. Er wird sich weiter Sorgen machen und unruhig sein."
„Hm", macht Markus und sieht vor sich hin. Dann beschließt er kurzentschlossen: „Ich bringe das in Ordnung."
„Und wie, Marks?" will Melli wissen.
„Das laßt mal meine Sorge sein. Ich kriege das schon hin."
Manni reißt seine Augen weit auf. Da hat er ja was Tolles erfahren! Also Molli und Melli haben die Scheibe im Haus des Nachbarn zerschlagen! Der kleine Junge überlegt. Sicher würde Herr Edler sehr böse sein, wenn er das erfährt. Zu ihm war er

ja nett. Er hat ihm sogar eine Tafel Schokolade geschenkt. Und das vergißt Manni nicht so schnell. Vielleicht würde ihm der Nachbar nicht böse sein, wenn er behauptete, daß er die Scheibe kaputt gemacht hätte. Er — und nicht seine Schwestern.

Da kommen auch schon Petra und Tina, um die Zwillinge zum Spazierengehen abzuholen. Der Vater sagt: „Komm, Junge, wir wollen noch ein wenig im Garten arbeiten. Das Gröbste haben wir ja hinter uns. Ich freue mich, daß wir so weit gekommen sind.

„Ich komme gleich, Vati", entgegnet Markus, „ich habe nur noch ganz kurz etwas zu erledigen."

Der Vater nickt.

Markus spurtet 'rüber zu Herrn Edler.

Er will die Angelegenheit schnell erledigen, denn — um der Wahrheit die Ehre zu geben —, so ganz angenehm ist ihm das nicht.

Der Hausherr öffnet die Tür selbst. „Nanu", sagt er, „ein unerwarteter, aber willkommener Besuch! Bitte, komm ins Haus."

Markus druckst ein bißchen. Aber dann bekennt er doch sehr schnell: „Ich glaube nicht, daß Ihnen mein Besuch sehr angenehm ist, wenn Sie erfahren, warum ich gekommen bin ..."

„Nimm Platz und schieß los!" meint Herr Edler.

„Ich möchte Ihnen die Sorge von den Einbrechern nehmen, Herr Edler ... Es gibt hier keine, wirklich nicht ... Ich, ich ..." Natürlich wird Markus rot bis über beide Ohren — einmal weil er, um seine Schwestern zu schützen, lügt und überhaupt ... „Ich habe Ihr Kellerfenster versehentlich eingeworfen ..."

Uff — nun ist es heraus. Der Junge wartet auf das Donnerwetter. Aber das bleibt aus. Nicht Donner, kein Blitz. Im Gegenteil, Herr Edler lächelt sogar. „Auch ich war mal ein Junge." Schmunzelnd ergänzt er: „Ein Lausejunge. Markus, die Tat ist vergessen!"

Guck an — wirklich: So übel ist der Kunsthändler gar nicht. Sehr erleichtert wandert Markus wieder über die Straße. Die Mädchen sind durch die Straßen der Siedlung gebummelt. Molli aber sagt, mit einem nachdenklichen Blick auf das Haus des Nachbarn:

„Weißt du, Melli, ich möchte Herrn Edler doch sagen, daß wir ihm die Scheibe kaputt gemacht haben. Markus kann uns da auch nicht helfen. Wir hätten es ihm gar nicht erst anvertrauen sollen. Wenn uns Herr Edler wirklich mag, dann wird er uns der Wahrheit wegen bestimmt nicht böse sein."

„Ja, das habe ich auch gedacht", antwortet Melli, „komm, wir wollen gleich zu ihm gehen und alles eingestehen. Dann haben wir die Sache hinter uns und können endlich wieder ruhig schlafen."

Wieder öffnet Herr Edler, wie eben bei Markus, die Tür.

„Ach, da sind ja meine beiden kleinen Freundinnen", lacht er. „Das ist nett, daß ihr mich wieder besucht. Die Terrasse ist gleich fertig. Wollt ihr sie euch ansehen?"

„Eigentlich wollten wir Ihnen etwas sagen", stottert Molli. Und jetzt fällt es ihr doch recht schwer, die Wahrheit zu bekennen.

„Na, nun sagt schon, was ihr auf dem Herzen habt."

„Wir wollten Ihnen sagen, daß wir beide Ihre Kellerfensterscheibe zerschlagen haben." Nun ist es heraus! Herr Edler staunt. Damit hatte er nicht gerechnet, bestimmt nicht.

„So? Ihr wart das? Und wie habt ihr das denn angestellt?" Sie erzählen, wie es passiert ist, und Herr Edler muß sich immer mehr wundern. Wer war es nun wirklich, die beiden kleinen Mädchen oder der große Bruder?

„Es ist nett von euch, daß ihr es mir gesagt habt", lächelt er. „Denkt nicht mehr daran. Ich weiß, ihr werdet das nicht wieder tun, denn ihr könnt immer zu mir kommen, wenn ihr wollt."

Molli und Melli sind recht erleichtert. Herr Edler ist ihnen also nicht böse. Darüber sind sie froh. Sie denken an Tina und Petra und wollen sich gerade verabschieden, als es an der Tür läutet.

„Wartet einen Augenblick! Ich bin gleich wieder zurück." Molli und Melli, die noch im Wohnzimmer stehen, hören, wie der Kunsthändler erstaunt ausruft:

„Ja, das ist ja mein kleiner Freund! Nun, was bringst du mir denn heute? Wieder eine gute Botschaft?"

„Im Gegenteil", antwortet Manni kleinlaut. Molli und Melli sehen sich erstaunt an.

„Na, dann schieß mal los", ermuntert Herr Edler seinen Besucher.

„Ich wollte Ihnen nur verraten, daß ich Ihr Kellerfenster zerdeppert habe, ja, ja! Das wollte ich..."

Herr Edler muß sich setzen, während die Zwillinge sprachlos im Zimmer stehen, unfähig, etwas zu sagen, nicht in der Lage, zu protestieren.

„Und wie ist das geschehen?" fragt nun der Hausherr mit gespieltem Entsetzen. Dabei hat er den Buben längst durchschaut. Er muß denken, wie großartig die Geschwister Meinhardt zusammenhalten. Das kommt bestimmt nicht alle Tage vor.

„Mit der Leiter, Herr Edler", stammelt Manni.

„Komm mit in mein Wohnzimmer!"

Der kleine Manni staunt nicht schlecht, daß er hier seine Schwestern antrifft. Er macht den Mund wie ein Karpfen auf und zu — immer wieder.

„Nun", sagt der Antiquitätenhändler, „wollen wir unter das grausame Spiel einen Punkt setzen, nicht wahr. Markus war nämlich auch schon bei mir, um zu gestehen, daß er die Scheibe zerschlagen hat. Ich will nun gar nicht mehr wissen, wer es wirklich war. Aber ich finde es sehr anständig, daß ihr eure Sünde eingestanden habt..."

Ganz erleichtert flitzen die Meinhardtkinder nach Hause. Nun brauchen sie kein schlechtes Gewissen mehr zu haben.

Molli und Melli stiften Verwirrung

Der Vater ist froh. Der Nutzgarten ist angelegt. Nun bastelt Markus an der Sandkiste für seinen kleinen Bruder. Sie soll direkt neben dem kleinen Busch stehen, der einmal ein großer Fliederbusch werden wird. Molli und Melli sitzen mit Petra und Tina auf der Terrasse. Sie haben ihre Puppen bei sich und spielen ‚Besuch'.

„Nun kann ich bald nicht mehr in den Park kommen", sagt Melli zu Tina, „die Ferien sind zu Ende und übermorgen fängt die Schule wieder an. Aber Sie können mich einmal zu Hause besuchen. Ich wohne auf dem Amselweg 18."
„Das ist ja großartig!" ruft Tina, „ich wohne auf dem Amselweg 15."
„Nein, du mußt woanders wohnen", kritisiert Molli. „Wenn du hier in unserer Nähe wohnen würdest, müßten wir uns ja kennen. Wir haben uns aber doch erst im Park kennengelernt.
„Sag doch, du wohnst Kaiserallee 15."
„Warum gerade in der Kaiserallee?"
„Ach, bloß so, es fiel mir eben ein..."
„In der Kaiserallee 15 wohnt Kerstin!" ruft nun Molli.
„Ach so. Ging sie in eure Klasse?"
„Nein, sie geht in eine ganz andere Schule..."
„Ach, erinnert mich nur nicht an die Schule!" meint nun Petra. „Meinetwegen könnten die Ferien ewig dauern. Habt ihr schon ein bißchen Angst vor der Schule?"
„Vor der Schule? Warum denn? Nicht ein bißchen!" lacht Melli.
„Vielleicht vor Herrn Petersil?" fragt Tina.
„Vor Petersilie hat man doch keine Angst!" lacht Molli. „Die ißt man doch auf."
Markus dreht sich einmal nach den Schwestern um und schüttelt den Kopf.
„Die reden mal wieder einen Unsinn", meint er zum Vater und hämmert an Mannis Sandkiste.
Die Mutter tritt auf die Terrasse heraus.
„Martin, ich habe hier noch ein Tütchen Petersiliensamen. Meinst du, daß man den jetzt noch säen könnte?"
„Warum denn nicht", antwortet der Vater. „Gib ihn nur her. Was man selbst anbaut, schmeckt immer am besten."
„Ja, du weißt, daß ich Petersilie gern mag."
Molli und Melli lachen.
„Die Mutti mag Herrn Petersilie gern. Wenn Vati den Samen aussät, kommen lauter kleine Petersilien-Lehrer heraus."
„Die beiden sind heute ganz verrückt mit ihrer dummen Pe-

tersilie", sagt Markus. „Ich möchte wissen, was das wieder bedeuten soll."

„Unser neuer Lehrer heißt doch Petersil!" ruft Molli. „Ich möchte ihn fragen, ob er immer nur Petersilie ißt?"

„Hört mal, ihr zwei", ruft der Vater seine Zwillinge zur Ordnung — „ich will nicht annehmen, daß ihr irgendwelche Dummheiten im Schilde führt. Der Mann kann nichts für seinen Namen. Also benehmt euch nicht so kindisch!"

„Ja, Vati", sagen Molli und Melli mit einem Seitenblick auf Tina und Petra. Sie können nicht verstehen, daß ihr Vater einen solchen Namen nicht auch spaßig findet.

„O du meine Güte! Ihr habt mich an die Schule erinnert", sagt die Mutter. „Ab heute ist ja das Schulbüro geöffnet. Ich muß die Mädchen anmelden. Das werde ich gleich tun. Kommst du mit, Manni? Mohrle darf uns begleiten."

Der Kleine hatte Markus beim Sandkistenbau zugesehen. Jetzt will er mit der Mutter und Mohrle zur Schule gehen.

„Ich bin dafür", sagt Markus, „im Vorgarten nur Rasen und ein paar Zierpflanzen zu ziehen. Das sieht immer gut aus — nicht wahr?"

„Das schon", antwortet der Vater, „aber erst müssen wir das Haus noch verputzen lassen. Vorher können wir im Vorgarten nichts anbauen; es würde nur zertreten..."

Daran hat Markus nicht gedacht.

Überraschend erscheint Herr Edler. Er raucht eine große, dicke und sehr dunkle Zigarre. „Grüß Gott", sagt er gutgelaunt. „Na, gibt es irgendwelchen Kummer?"

„Nein, das nicht", antwortet Herr Meinhardt, „wir überlegen nur, wie wir den Vorgarten früher oder später anlegen sollen. Er soll ja möglichst hübsch werden."

„Wenn ich Ihnen das anbieten darf..." Herr Edler zögert ein wenig. „Ich könnte ihnen zwei kleine Tannen überlassen. Sie haben auf meinem Grundstück keinen Platz mehr..."

„Na, das ist ja eine Überraschung", freut sich Herr Meinhardt. „Das Angebot nehme ich gern an. Sie werden sich neben der Terrasse großartig machen. Was bekommen Sie dafür?"

Der Antiquar lacht. „Nichts, werter Nachbar, nichts. Es freut mich, wenn ich sie von meinem Fenster aus betrachten darf." Er geht mit Markus zu seinem Haus, um die Bäume zu holen. Es sind Edeltannen, schön im Wuchs.

Weil Herr Edler so gefällig und so großzügig ist, malen Molli und Melli ein Bild für ihn — eine Darstellung der Rosenstraße und des Mietshauses, in dem sie einmal gewohnt haben. Natürlich, im Zeichnen und Malen sind die Zwillinge nicht so begabt wie im Musizieren. Aber trotzdem wird das ‚Kunstwerk' sehr hübsch. Die Mädchen haben sich natürlich viele Mühe gegeben. Einen Fachmann darf man nicht enttäuschen. Daß sich der neue Nachbar aber ihre Zeichnung so genau und interessiert anschauen würde, hätten die Mädchen nicht gedacht. „Habt ganz herzlichen Dank!" sagt er. „Eure Darstellung der alten Heimat ist euch fabelhaft gelungen — lebendig, glaubwürdig. Sehr schön habt ihr das gemacht." Seine Augen strahlen. „Es bekommt in meiner Galerie einen Ehrenplatz."

Das kann den Mädchen nur recht sein. Im Hause Edler mit einer eigenen Arbeit vertreten zu sein, mein Gott, das will schon was heißen...

Am nächsten Morgen warten Tina und Petra vor Meinhardts Haus. Sie rufen nach Molli und Melli. Markus tritt mit der Schulmappe aus der Tür, denn auf ihn warten Dieter und Ralf. Sie fahren mit dem Bus zum Gymnasium in die Stadt. Markus braucht die Schule nicht zu wechseln, weil es hier keine Höhere Schule gibt. Das wird noch Jahre dauern.

Die Mutter verabschiedet die Zwillinge an der Haustür.

„Auf Wiedersehen, und bitte, denkt daran, was Vati und ich euch gesagt haben. Der Lehrer soll euch im Leben weiterbringen. Er ist bemüht, ein guter Kamerad und Freund zu sein. Er verdient Achtung und Anerkennung. Ich will hoffen, daß ihr euch wegen seines Namens nicht lustig macht und immer daran denkt, daß wir bemüht sind, euch gut zu erziehen."

„Aber Mutti — klar folgen wir. Auch wenn er einen so merkwürdigen Namen hat. Er kann ja nichts dafür."

„Ob der Herr Petersilie wohl weiß, wer Molli und wer Melli ist?" fragt Manni.

„Er heißt nicht Petersilie", rügt die Mutter, „sondern Herr Petersil." Sie seufzt heimlich, denn sie ahnt, daß es auf die Dauer mit dem ungewöhnlichen Namen nicht gutgehen kann.

„Der Lehrer wird Molli und Melli gewiß bald auseinander halten können", antwortet sie. Aber sie ist von ihren Worten nicht völlig überzeugt.

Die Mädchen sind durch das neue Stadtrandviertel gegangen und biegen nun in die Grünanlagen ein, die Stadt und Randsiedlung trennen. Dort liegen in stillen Straßen mehrere Amtsgebäude und auch die neuerbaute Goetheschule. Sie ist ein dreistöckiger, langgestreckter, weißer Bau mit breiten, hohen Fenstern. Rechtsseitig liegt in einem Anbau die geräumige, moderne Turnhalle und links sind für die älteren Schüler Lehrküchen und Werkräume untergebracht. Im Keller gibt es sogar ein kleines Becken für den Schwimmunterricht. Das haben Petra und Tina den Zwillingen erzählt. Und die Mädchen sind natürlich begeistert.

„Das gab es in unserer alten Schule nicht", sagt Molli. „Da waren nur Klassenzimmer, Lehrerzimmer und im Erdgeschoß eine Hausmeisterwohnung vorhanden."

„Die Schule war eben alt", meint nun Melli. „Mutti erzählte, sie stünde schon über fünfzig Jahre."

Endlich haben sie die Schule erreicht. Von allen Seiten kommen jetzt die Kinder. Auf der rechten Seite des Gebäudes sind die Klassenzimmer der Jungen, auf der linken Seite werden die Mädchen unterrichtet.

„Warum gibt es hier nur getrennte Klassen?" fragt Molli. „Das finde ich nicht schön. Komisch, diese Schule macht einen so modernen Eindruck; aber das mit der Trennung, das ist doch altmodisch."

Sonst aber sind die Zwillinge von ihrer neuen Schule hellauf begeistert. Hier muß das Lernen wirklich Freude machen. Nur wenn sie an den gestrengen Herrn Petersil denken, wird die Freude etwas gedämpft.

Die Kinder quirlen und lärmen vor den Klassenzimmern

durcheinander. Freundinnen finden und begrüßen sich und berichten von ihren Ferienerlebnissen. Molli und Melli sind mit Tina und Petra vor die langen Glaskästen getreten, die an der Wand angebracht sind. Was es da alles an Schülerarbeiten zu sehen gibt — Tonvasen, Schalen, kleine Figuren und Schmuckstücke —, alles Beweise erstaunlicher Mühe und Fingerfertigkeit.

„Ob wir das auch lernen?" fragt Melli.

„Ja, wenn wir zwölf Jahre alt sind, vorher nicht", entgegnet Petra. „Im oberen Stock ist eine Vitrine mit den besten Handarbeiten der Mädchen. Und drüben bei den Jungen gibt es ein großes Aquarium mit seltenen, klitzekleinen Fischen, die ganz bunt sind und in wundervollen Farben schimmern. Komm, ich zeig es euch."

„Das hat doch Zeit", meint Tina. „Es wird gleich klingeln."

„Ach wo, das schaffen wir noch!" Petra zieht Melli am Arm. „Komm, das müßt ihr sehen..."

„Ich mag nicht", meint Molli. „Geh du nur, Melli, wenn du es dir ansehen willst. Ich kann sie noch früh genug bewundern."

Melli hat auch keine Lust — sie trennt sich überhaupt ungern von ihrer Schwester, aber Petra zieht sie mit sich fort!

„Du bist ein Angsthase!" ruft Petra noch zurück, dann ist sie mit Melli verschwunden.

Tina bummelt mit Molli zu ihrem Klassenzimmer Nr. 33, das im zweiten Stock liegt.

Hinter den Türen zu den Klassenräumen geht es laut und lebhaft zu. Die Mädchen sind schon fast vollzählig versammelt, als Tina mit Molli eintritt. Alle wenden sich zur Tür. Es ist ein komisches Gefühl, wenn man als ‚Neue' in eine unbekannte Klasse tritt.

„Tina! Tina!" ruft ein Mädchen mit schwarzem Pagenkopf, „wo bist du nur gewesen? Ich habe unten in der Halle auf dich gewartet. Wen bringst du denn mit — eine Neue?"

„Das ist meine Freundin Molli", erwidert Tina, „sie wohnt wie ich am Amselweg."

Tina merkt sofort, daß sie ‚meine Freundin' nicht hätte sagen dürfen, denn Edith, mit der sie sich immer gut verstanden hat, zieht die Nase kraus und macht ein komisches Gesicht. Aber es ist nun einmal gesagt, und Tina beschließt, zu ihren Worten zu stehen. Molli erkennt sofort, daß sie in dem Mädchen mit dem schwarzen Pagenkopf keine Freundin gefunden hat und nimmt sich vor, keinen Anlaß zu irgendwelchem Streit zu geben. Die anderen sehen Molli schon weit freundlicher an. Ihnen gefällt die ‚Neue' in dem hellen Sommerkleidchen, den weißen Kniestrümpfen und den braunen Halbschuhen.

„Wo soll ich mich hinsetzen?" fragt Molli.

„Komm, setz dich zu mir!" rufen einzelne Mitschülerinnen.

„Setz dich irgendwohin", meint Tina und rutscht auf ihren Platz neben Edith. „Unser Lehrer wird dich dann schon auf einen Platz setzen, den er für richtig hält."

Molli setzt sich neben einen braunen Lockenkopf — gleich in der ersten Bank.

„Ich heiße Lisa", sagt das Mädchen und reicht Molli die Hand.

„Ich heiße Molena, aber alle nennen mich Molli."

„Dann nenne ich dich auch so."

Die Schulglocke rasselt hell durch die Korridore.

‚Himmel, wo ist nur meine Schwester?' denkt Molli erschrocken. ‚Ich hatte sie eben völlig vergessen. Wenn sie nicht gleich kommt, ist der Lehrer eher da als sie. Und das gleich zu Anfang!'

Sie will ihren Kummer gerade Lisa anvertrauen, als sich die Tür auch schon öffnet und Herr Petersil hereintritt. Die Kinder stehen auf und grüßen. Er winkt kurz und knapp, und die Mädchen setzen sich wieder.

Sonst stellt der Direktor der Schule die sogenannten ‚Neuzugänge' dem Lehrer und den Schülern persönlich vor. Aber diesmal hat er das vergessen. Nach den Ferien stürmt zuviel auf ihn ein. So entdeckt also der Herr Petersil Molli von selbst. „Wie heißt du?" will er wissen.

„Ich heiße Molena Meinhardt..."

„Wie?" fragt Herr Petersil sehr gedehnt. „Molena...?! Na, das habe ich noch nie gehört."

„Meine Tante heißt auch so", erklärt Molli fast ein wenig kleinlaut. Und dann setzt sie sich wieder.

Die Mädchen kichern und Herr Petersil klopft mit seinem Bleistift heftig gegen das Pult.

„Ich bitte mir Ruhe aus. Du bist allein in die Klasse gekommen. Warum hat dich der Herr Direktor nicht hergebracht?"

Molli ist etwas ratlos und meint: „Das weiß ich wirklich nicht. Vielleicht hatte er keine Zeit. Ich bin mit Tina hierhergekommen."

„Tina? Wer ist das denn nun wieder?"

„Nun, Tina Artmann."

„Ach so, du meinst Christina Artmann. Ich werde mir noch überlegen, auf welchen Platz ich dich setze."

„Hoffentlich kannst du hier bleiben", wispert Lisa.

„Ja, das wäre prima", flüstert Molli zurück. Und dann denkt sie wieder an Melli. Wo sie nur bleibt, wo sie nur steckt.

Melli ist unterdessen mit Petra dorthin gerannt, wo die Klassen der Jungen untergebracht sind. Dieser Trakt ist durch eine Glastür zu erreichen. Und dort, im ersten Stock, gleich hinter der Flügeltür steht das große Aquarium. Es ist voll mit Wasserpflanzen. Perlend steigen Luftblasen auf. Im Wasser tummeln sich merkwürdige Fische.

„Na, was habe ich gesagt?" fragt Petra, „sind sie nicht herrlich?"

Melli preßt ihre Nase gegen das Glas und staunt. „Und ob", antwortet sie. „Kennst du ihre Namen?"

„Nein. Unser Lehrer hat sie uns mal genannt, aber ich hab's wieder vergessen. Es waren so fremde Namen, weißt du. Die Jungen aber, die sie füttern, kennen sie. Die mußt du mal fragen. Da kommt schon einer, sicher um die Fische zu füttern." Ein etwa Zwölfjähriger kommt aus der nächsten Klassentür.

„Na, gefallen euch unsere Fische?" fragt er und hebt die Deckscheibe des Aquariums leicht an.

„Ich kenne sie schon lange", antwortet Petra, „aber Melli nicht! Sie ist nämlich heute zum erstenmal in unserer Schule."

„Ach, eine Neue?" Er guckt Melli kurz an. Die Fische interessieren ihn offensichtlich mehr.

„Was gibst du den Fischen?" fragt Melli.

„Wasserflöhe. Sieh nur, wie sie danach schnappen. Das ist ihr

Frühstück." Er lacht. „Guten Appetit", ruft er noch, aber da läutet die Glocke.

Petra erschrickt! „Jetzt muß ich aber sausen. Mach's gut, Melli!" Und weg ist sie...

„Aber Petra! Warte doch", ruft sie. „Ich kenne mich doch in der neuen Schule gar nicht aus..." Aber sie hätte sich die Worte sparen können, denn Petra ist längst verschwunden.

„Welche Lehrerin hast du denn?" fragt der Junge.

„Herrn Petersili... Herrn Petersil!" Beinahe hätte Melli sich versprochen.

„Ach den? Manometer, der ist streng, du. Aber er kommt immer erst nach acht Uhr in die Klasse. Da hast du noch Zeit. Übrigens, ich heiße Gert."

„Ich heiße Melli. Sage mir doch, wo die Klasse von Herrn Petersil ist."

„Gut, Melli, aber nur, wenn du in der Pause mit mir ein Eis essen gehst!"

„Wo gibt's denn hier Eis?" fragt Melli erstaunt.

„In der Pause kommt immer ein Eisverkäufer mit seinem Wagen genau vor die Schule gefahren. Der Direktor hat nichts dagegen, wenn wir uns bei ihm ab und zu ein Eis kaufen. Die Angestellten vom Gericht und vom Finanzamt nebenan machen es ebenso. Es schmeckt prima. Also: ja — oder nein?"

„Ja, gern!" Melli brennt der Boden unter den Füßen. „Mußt du nicht auch in deine Klasse?" fragt sie.

„Ja, das schon, aber der, der die Fische füttert, kann ruhig ein bißchen später zum Unterricht kommen. Da sagt unser Lehrer nichts. Ich glaube, Herr Petersil unterrichtet in Zimmer 37."

Also weiß er es doch nicht genau.

Melli rennt so schnell sie kann, los. Das Zimmer hat sie gleich gefunden.

Aber was ist denn das? Hinter der Tür hört sie eine dunkle, ein bißchen laute Männerstimme. Sie kann die Worte deutlich verstehen: „Sage den Vers noch einmal auf!"

‚Na', denkt das Mädchen, ‚das kann ja gut werden.' Und es vergißt, daß es eben zum erstenmal in ihrem Leben zu einem Eis eingeladen wurde. Noch dazu von einem Jungen...

Sie klopft an die Tür und tritt dann zaghaft ein, denn der Lehrer hat ‚Herein' gerufen.

Wieviele Augen starren sie an! Melli steht für einen Moment wie versteinert im Rahmen der Tür.

Nicht mal ihre Schwester kann sie entdecken. Oh — wäre sie doch bloß nicht mit zum Aquarium gegangen.

„Warum kommst du so spät?" fragt der Lehrer.

„Ich, ich, ich hatte mir noch die Fische im Aquarium angesehen", stottert Melli. „Ich wollte erst nicht mitgehen, aber Petra hat mich dazu überredet. Und so habe ich das Klingelzeichen verpaßt. Bitte entschuldigen Sie, bitte!"

Der Lehrer gönnt dem Mädchen ein verstecktes Lächeln. ‚Sie ist noch recht klein für ihre elf Jahre', denkt er. ‚Hoffentlich sind ihre Leistungen größer!' Und laut fragt er: „Wie heißt du?"

„Melanie Meinhardt."

„Gut, setze dich dahin, Melanie!" Er weist auf den freien Platz in der ersten Bankreihe. „Sicher hast du das Sommergedicht von Morgenstern in deiner früheren Schule auch schon gelernt. Kannst du es mir aufsagen?"

„Nein!" Melli schüttelt den Kopf. „Das Gedicht kenne ich nicht. Wir haben es nicht gelernt."

„Ruth, dann gib Melanie dein Lesebuch, sie soll es uns vorlesen. Das kannst du doch?" fragt er.

Melli nimmt das Buch und trägt das ihr unbekannte Gedicht vor. Sie macht das sehr hübsch, sehr ausdrucksvoll. Der Lehrer ist zufrieden.

„Ich wundere mich aber", meint der Lehrer, „daß ihr das in der Schillerschule noch nicht durchgenommen habt, denn unser Lehrplan ist der gleiche. Lerne bis morgen den ersten Vers davon, Melanie."

Melli nickt. Sie möchte sich gern einmal umsehen, um Molli zu entdecken, aber sie wagt es nicht. Im übrigen findet sie den Herrn Petersil großartig. Trotz der etwas lauten Stimme. Er ist gar nicht streng, und gezankt hat er auch nicht mit ihr. Da klopft

es an der Tür. Der Herr Direktor tritt ein. Er ist ein bißchen atemlos und sagt: „Entschuldigen Sie, Herr Kollege, ich wollte schon eher kommen — aber das Telefon hat nicht stillgestanden. Zudem kam noch ein Beamter von der Schulbehörde. Ihre neue Schülerin läßt sich schon am ersten Tag entschuldigen. Sie hat Ziegenpeter. Da kann man nichts machen. Entschuldigen Sie — das war der Grund, weshalb ich gestört habe."
Der Lehrer macht ein langes Gesicht.
„Aber Herr Direktor, hier sitzt doch unsere neue Schülerin."
„Was? Ja, ich habe mich doch nicht verhört. Wie heißt du denn?"
„Melanie Meinhardt."
„Melanie Meinhardt? Du gehörst doch zu deiner Schwester in die dritte Klasse ... Wie kommst du denn hierher?"
Ja, da muß Melli ihre Geschichte mit dem Aquarium noch einmal erzählen und es sich wohl oder übel gefallen lassen, daß alle herzhaft lachen.
‚Darum erschien sie mir auch so klein', denkt der Lehrer. ‚Sie ist ja erst acht, und meine Schülerinnen sind elf.'
„Da ist nichts zu machen, kleines Fräulein", sagt er schließlich. „Auf zu Herrn Petersil. Er ist dein Klassenlehrer."
‚Leider', denkt Melli, ‚hier wäre ich gern geblieben.'
„Das ist ja eine drollige Geschichte", meint der Direktor, als sie den Gang entlanggehen. „Dabei habe ich noch nicht einmal Herrn Petersil Bescheid sagen können. Was meinst du, wie er schaut, wenn er jetzt noch eine neue Schülerin bekommt?"
Melli sieht lächelnd zu dem Direktor auf, den sie sehr nett findet. Schade, bei ihm hätte sie auch gern Unterricht gehabt. Er klopft an die Tür mit der Nummer 33. Und schon kann man ein kurzes, unwirsches „Herein" vernehmen.
„Ich muß Sie stören, Herr Petersil. Ich bringe Ihnen eine neue Schülerin."
Wirkt der Herr Direktor Herrn Petersil gegenüber nicht unfreundlicher, als er es eben noch war?
„Ja aber", Herr Petersil ist schrecklich erstaunt. „Die habe ich ja schon", stottert er. Er ist so verwirrt, daß er seine Brille abnimmt und putzt.

Das ist doch nicht möglich. Da steht die neue Schülerin, die in der ersten Reihe sitzt, noch einmal leibhaftig vor ihm! Nicht weniger überrascht sind die Kinder. Himmel, das ist ein Ding. Die ‚Neue' gibt's zweimal! Wer soll denn die jemals auseinander halten? Ob das Herr Petersil kann? Wohl kaum!
„Ja, es sind Zwillinge, wie man unschwer erkennt", erklärt der Direktor und lacht. „Die kleine Melanie ist durch ein Mißverständnis in die falsche Klasse geraten. Hier also ist sie." Und der Herr Direktor fügt mit einem kleinen Augenzwinkern hinzu: „Dann viel Spaß, Herr Kollege."
Er verläßt das Klassenzimmer. Molli sieht Melli an und in beider Augen blitzt der Schalk. Das wird einen Spaß geben!
Herr Petersil sieht von einer zur anderen. Das ist ja nahezu unheimlich. Wie können sich denn zwei Menschen so ähnlich sehen! Wirklich, er kann keinen Unterschied feststellen, nicht den geringsten. Die Augen, die Haare, die Näschen, der Mund, die Kleidung, ja, aber auch die Bewegungen dieser Zwillinge, die Art, wie sie die Hände führen, den Kopf neigen, mit den Fingern spielen, die Zungenspitze über den Rand der Zähne gleiten lassen, alles, aber auch wirklich alles gleicht sich. Ein Ei kann dem anderen nicht ähnlicher sein. Wahrhaftig nicht. So setzt er die Mädchen auseinander, richtiger: nebeneinander. Vielleicht kann er sich so helfen, der gute Herr Petersil. Links sitzt nun also Molena und rechts Melanie.
Während der Stunde sind die Kinder nicht eben aufmerksam, obgleich sie Heimatkunde sonst sehr gern haben. Die Augen der Klasse wandern immer wieder zu den neuen Mitschülerinnen, die da so einträchtig beieinandersitzen.
In der zweiten Stunde sollen die Mädchen einen Aufsatz schreiben — irgendein Ferienerlebnis. Molli und Melli einigen sich schnell. Molli will von Mucke erzählen und Melli vom neuen ‚Maikäfer'.
Es ist ganz still in der Klasse. Nur Herr Petersil sagt: „Und daß mir keiner vom anderen abschreibt, klar?!"
‚Es muß doch etwas geben, woran man sie unterscheiden kann', denkt er. Aber er muß sich doch eingestehen, daß das hoffnungslos ist.

Als es zur Pause läutet, haben die Zwillinge ihren Aufsatz beendet. Auch die anderen Kinder klappen ihre Hefte erleichtert zu. Wer schreibt schon gern Arbeiten? Kaum einer.

„Lieselotte, sammle die Hefte ein und lege sie mir aufs Pult." Die große blonde Lilo geht von Bank zu Bank.

„Habt ihr dasselbe geschrieben?" fragt sie leise.

„Warum denn?" Molli ist ganz erstaunt.

„Weil ihr euch so ähnlich seht", meint Lilo und geht weiter. Da müssen die Zwillinge lachen.

„Wollen wir wetten, daß es hier noch manchen Spaß geben wird?" fragt Molli die Schwester.

Das glaubt Melli gern. Aber die Verwechslung in der Pause macht ihr gar keinen Spaß. Hätte sie Tina nicht aufgehalten, wäre bestimmt alles gutgegangen. So aber haben Lisa und Lilo Molli zwischen sich genommen und stürmen die Treppe hinunter.

„Holst du dir auch ein Eis?" fragt Lilo.

„Was denn für ein Eis? Ich habe kein Geld."

„Ich kann es dir auslegen", schlägt Lisa vor, „es schmeckt wirklich prima!"

Gert hat die Mädchen kommen sehen. Er läuft auf Molli zu.

„Da bist du ja. Du hast Wort gehalten — prima. Komm, jetzt gehen wir Eis essen."

„Wer bist du denn?" fragt Molli ganz verblüfft.

„Tu nicht so, als ob du mich nicht kennst. Als ich dir das Aquarium zeigte, war ich gut genug. Du hast mir versprochen, mit mir Eis essen zu gehen. Dafür habe ich dir das Klassenzimmer von Herrn Petersil gesagt. Also sind wir quitt, und gemogelt wird nicht."

Jetzt erst merkt Molli, daß sie der Junge mit Melli verwechselt.

„Aber warte doch", wehrt sie ab, „du verwechselst mich. Ich bin ..."

„Ja, ich weiß, du bist Melli. Das hast du mir schon gesagt. Komm, sonst stehen so viele am Eiswagen, daß wir gar nichts mehr bekommen." Er zieht die widerstrebende Molli mit auf die Straße hinaus.

Als Melli — so sehr sie sich auch beeilt — in die Halle hinunterkommt, ist kein Gert mehr zu sehen. Allerdings glaubt sie, Mollis Blondkopf am Eiswagen zu erkennen. Na, denkste, da dürfte wieder einmal eine Verwechselung vorliegen. Manchmal hat es also doch Nachteile, wenn man eine Schwester hat, die einem so ähnlich ist. Gert fragt Molli nach ihrer Wohnung. Auf dem Amselweg 18?

„Ich wohne in der Bachstraße 6. Das ist gar nicht so weit von dir. Wir haben eine Druckerei. Willst du sie dir ansehen?" fragt der Junge.

„Ja gern, wann darf ich kommen?"

„Heute nachmittag, wenn's dir recht ist..."

„Ja, wenn wir nicht so viel Schularbeiten aufhaben."

Als Molli mit Gert wieder in die Halle zurückkommt, ist Melli schon nicht mehr da und längst wieder in der Klasse. Bald beginnt erneut der Unterricht. Molli mag von dem netten Jungen nichts erzählen. Und sie ist froh, daß ihre Schwester nicht nach ihm fragt. So geht der erste Tag in der neuen Schule zu Ende. Die Zwillinge haben daheim natürlich viel zu erzählen. Nur Gert wird nicht erwähnt.

Die Mutter lacht: „Da hat es also gleich am ersten Tag Mißverständnisse gegeben. Oje, wie wird das weiter gehen?"

Der kleine Manni meint: „Da muß eben eine wieder in die alte Schule gehen. Da kann sie kein Lehrer verwechseln."

Neue Verwechslungen

Molli und Melli sitzen sich im Mädchenzimmer am Tisch gegenüber und machen ihre Schularbeiten. Viel hat ihnen Herr Petersil nach dem ersten Schultag nicht aufgegeben.

Erst druckst Molli ein bißchen, aber dann fragt sie ihre Schwester doch: „Sag mal Melli, bist du mir böse, wenn ich heute mal allein ausgehe?" Sie hat tatsächlich ‚ausgehe,' gesagt.

Sollte Gert auch Melli eingeladen haben?

Aber warum Heimlichkeiten? Das liegt ihnen nicht. Und so kommt es wie aus einem Munde:
„Du, ich muß dir was sagen!"
Die Mädchen lachen.
Molli berichtet von Gerts Einladung in die Druckerei seines Vaters.
„Oh", sagt die Schwester langsam, „das hätte mich auch interessiert, wirklich..."
„Wie denn, ich dachte, daß dich der Junge ebenfalls..." Aber sie kommt in ihrem Satz nicht weiter. „Nein, keine Bohne. Ich habe ihn ja nicht wiedergesehen. Ich wollte zu einem anderen Mädchen gehen, zu Ruth, um mir ihr Lesebuch auszuleihen. Als ich in der falschen Klasse gelandet war, habe ich neben ihr gesessen. Der Lehrer gab mir ein Gedicht auf. Das will ich nun lernen."
„Was geht dich denn die Klasse und das Gedicht an?"
„Nichts, aber der Lehrer war so nett, und auch Ruth gefiel mir, deshalb dachte ich..."
Wieder wird sie von der Schwester unterbrochen:
„Paß auf, mein Schatz: Wir bringen alles wieder in die alte Richtung. Schließlich hast du deinen Gert am Aquarium kennengelernt; daß er uns verwechselte, ist nicht deine Schuld. Also gilt die Einladung einwandfrei dir, Melli, und nicht mir, die ich bekanntlich Molena, genannt Molli heiße. Für dich marschiere ich zu Ruth, spiele eben mal wieder Schwester — es ist ja nicht das erstemal —, und alles ist in Butter."
„Molli, du bist die beste Schwester auf der Welt."
Und dann fügt sie noch hinzu: „Außerdem macht es doch Spaß, den Jungen ein bißchen durcheinander zu bringen. Gelingen wird es uns schon. Morgen gehen wir für alle Fälle getrennt zur Schule. Mal sehen, was dabei herauskommt."
So spazieren sie gemeinsam los, um sich an der Ecke Bachstraße zu verabschieden. Fröhlich zieht Melli Richtung Druckerei, während Molli den Drosselgraben ansteuert, wo Ruth wohnt.
Die Druckerei von Gerts Vater liegt auf einem imposanten Gelände, weit von der Straße abgerückt. Davor erhebt sich eine

Villa, die nicht von schlechten Eltern ist, wie sich Bruder Markus ausdrücken würde. Das Rattern, Summen und Dröhnen irgendwelcher Maschinen klingt bis auf die Straße.

Gert erwartet seine kleine Freundin bereits. Er ahnt natürlich nicht, daß er nun bereits zwei — wenn auch in der gleichen Gestalt — kennt.

„Soll ich dir den Betrieb wirklich zeigen?" fragt der Junge.

„Du mußt ehrlich sein. Vielleicht langweilt dich das."

„Im Gegenteil", protestiert Melli, „ganz im Gegenteil." Und so marschieren sie durch den Druckereisaal, wo zahllose Maschinen Werbeplakate, Drucksachen, Visitenkarten und noch viel mehr förmlich ‚ausspucken'. Das Auge kann dem Tempo kaum folgen.

„Sehen wir uns morgen wieder beim Aquarium?" fragt Gert fast ein wenig schüchtern. Melli nickt.

„Warum nicht", sagt sie. „Und schönen Dank für die Führung."

Zu Hause hat Molli das Gedicht schon gelernt. Das macht ihr keine Schwierigkeiten.

Melli berichtet ganz begeistert von der Druckerei und — dem Jungen. „Er ist ein Pfundskerl, Molli. Irgendwie erinnert er mich an unseren Bruder."

„An Markus?" will Molli wissen.

Melli nickt. „Na, und wenn der die Maschinen sehen würde — ich glaube, der wäre aus dem Bau gar nicht wieder 'rauszukriegen. Bei Gelegenheit sollten wir Gert mal zu uns einladen. Ich könnte mir denken, daß sich die Jungen gut verstehen würden."

Am nächsten Morgen geht Melli mit Tina etwas früher los als Molli. Die will mit Petra nachkommen. Sie hatten sich verabredet.

Natürlich sieht sich Melli in der Vorhalle der Schule nach Gert um. Doch sie kann ihn nicht entdecken. Nun ja, sie waren ja auch am Aquarium und nicht hier verabredet. Langsam geht sie mit Tina in die Klasse, wo beide die Ranzen ablegen. Da kommt mit einem Kopf, der so rot wie eine Tomate ist, Edith in den Raum geflitzt. Sie macht keine großen Umstände!

„Du bist mir eine schöne Freundin!" fährt sie Tina an. „Weshalb wartest du nicht auf mich wie sonst immer? Obgleich ich

zweimal nach dir gerufen habe, bist du einfach weitergelaufen..." Sie ist den Tränen nahe. „Pfui!" sagt sie nur noch.
„Moment! Moment!" bremst Tina die Freundin. „Sei doch nicht so eifersüchtig. Schließlich kann man sich ja auch mit mehreren Mädchen verstehen."
„Ich nicht!" erwidert Edith patzig und setzt sich auf ihren Platz.
Nach einer Weile sagt sie noch: „Ich finde es lächerlich, wenn sich zwei Kinder derart ähnlich sind!"
„Und wenn du glaubst, daß mir deine freche Art zusagt", erklärt nun Melli recht deutlich, „dann bist du im Irrtum!" Lisa, die dem Gespräch gelauscht hat, tippt sich gegen die Stirn. Dabei zeigt sie auf Edith, denn auch sie mag die Zwillinge recht gut leiden.
„Edith ist ein Streithammel!" stellt sie fest.
Inzwischen ist auch Molli mit Petra in der Schule eingetroffen, gerade als auch Ruth erscheint. „Hier, Ruth, ist dein Buch", sagt Molli. „Ich habe das Gedicht gelernt. Vielen Dank!"
„Wie? Das ganze Gedicht?"
Molli nickt, und Ruth wundert sich.
Und wer kommt da? Der gute Gert natürlich, der Molli für Melli hält und über das ganze Gesicht strahlt.
„Komm mit zu den Fischen; die werden schon Hunger haben!"
„Ich will erst meinen Ranzen ins Klassenzimmer bringen." Sie hofft, ihre Schwester unterrichten zu können. Denn Gert meint ja sie, Melli.
Doch der Junge protestiert: „Das kostet nur Zeit. Nein, nein, komm nur gleich mit. In deinem Ranzen sind ja keine Kohlen. Wir werden ihn schon schleppen können." Und ehe sich Molli versieht, steht sie bereits nach Wasserflöhen an, die Gert in Empfang nimmt und ihr in einem Behälter überreicht.
Ja, und dann holt der Junge ein schmuckes Päckchen aus seiner Schulmappe und überreicht Molli fünfzig frisch gedruckte Visitenkarten mit dem Aufdruck: „Melli Meinhardt".
So schnell ist Molli nicht zu erschüttern, wirklich nicht — aber das ist mal eine tolle Überraschung. Fast bedauert sie, nicht doch

Melli, sondern Molli zu heißen. Auf jeden Fall wird sie die Besuchskarten nachher gleich der Schwester geben.
 Wieder schrillt und scheppert die Pausenglocke viel zu früh, um den Beginn des Unterrichts anzukündigen. Ein kurzer Händedruck und — husch — flitzt Molli in den Klassenraum.
 Rechenstunde. Prüfend wandern die Augen des Lehrers Petersil über ‚seine' Mädchen. Gestern hat er die Zwillingen noch weitgehend ‚geschont'; sie sollten sich erst mal an die neue Umgebung gewöhnen, aber heute sind sie dran.
 Außerdem muß er ja mal probieren, inwieweit sich die Zwillinge voneinander unterscheiden.
 Er gibt Melli zwei Aufgaben, die sie im Handumdrehen richtig löst. Dann kommt Molli dran. Ob sie ebenfalls so gut rechnet? Für alle Fälle muß sie zur Tafel kommen, damit ihr das Schwesterherz auch ja nicht vorsagt. „Ich schreibe zwei Aufgaben an die Tafel", sagte der Lehrer. Und er dreht sich um. Kann er ahnen, daß die Zwillinge schnell die Plätze tauschen — blitzschnell —, einfach deshalb, weil Melli wirklich die bessere Rechnerin ist. In diesem Punkt unterscheiden sie sich nämlich. Nur ein Mädchen hat den Platzwechsel bemerkt — oder zwei, drei; eben die, die genau hinter Molli und Melli sitzen. Die anderen blicken auf die Tafel. Und Melli löst die gestellten Aufgaben richtig.
 Hat Molli nicht etwas vergessen? Sie überlegt hin und her, aber an die Visitenkarten denkt sie nicht. Sie stecken noch immer in ihrer Schultasche.
 So geht der Unterricht weiter.
 Die Mädchen tauschen in einem günstigen Moment wieder die Plätze. Bis jetzt hat sie noch keines der Mädchen verraten. Im Gegenteil: Das macht ihnen allen Spaß. Endlich mal eine Überraschung, denken sie.
 Leise flüstert Molli der Schwester zu:
 „Gert will mit dir Eis essen — in der Pause, verstehst du?" Melli nickt.
 „Ich bin ja auch dran", lacht sie. Und wie die große Pause eingeläutet wird, so schrill, daß man sich wirklich erschrickt, springt Melli auf, um schnell zu Gert zu gelangen. An einer Ver-

wechslung ist ihr diesmal wenig gelegen. Und eben in diesem Augenblick denkt Molli an die Visitenkarten.

„Melli!" ruft sie. „Ich muß dir was geben — hier..." Aber Melli ist nicht mehr anzusprechen. „Nachher", erwidert sie fröhlich und huscht durch die Tür.

Der Eiswagen steht schon auf der Straße. Gert kauft zwei Tüten und drückt Melli eine davon in die Hand.

„Mensch, das schmeckt!" schwärmt Melli. Sie leckt und schleckt, als hätte sie noch nie in ihrem Leben Eis gegessen.

„Du sprichst ja so, als hättest du gestern kein Eis mit mir gegessen", antwortet Gert ganz verwundert. „Der Onkel hier macht doch Tag für Tag die gleichen Sorten."

Melli erschrickt. ‚Ich muß mich zusammennehmen', denkt sie, ‚aber eisern'.

„Na", erklärt sie, „heute schmeckt mir's eben besonders." Gert bekommt wieder seinen roten Kopf. Aber er wagt trotzdem zu fragen: „Na, wie gefällt es dir...?"

„Was?" fragt Melli erstaunt. „Das Eis...? Ich sagte doch schon, daß es mir Eins A große Klasse schmeckt."

„Nicht doch", erwidert Gert. „Ich meine... meine..."
„Na, nun sag's doch schon!"
„Was ich dir als Überraschung mitgebracht habe — das."
„Ach das", holpert Melli und bekommt einen roten Kopf. „Das...?!" Gert muß Molli etwas gegeben haben — vorhin. Und die hat es natürlich vergessen. „Ja", sagt Melli schließlich ziemlich kleinlaut, „ich habe es noch gar nicht ausgewickelt." Gert ist enttäuscht. Aber er bemüht sich sehr, das nicht zu zeigen.
Schnell will Melli das Thema wechseln.
„Willst du uns nicht mal besuchen?" fragt sie, froh, ihren kleinen Freund abzulenken. „Ich habe einen Bruder, der dir sicher gefällt."
„Besucht er auch unsere Schule?"
„Nein", antwortet Melli, „er geht aufs Gymnasium."
So unterhalten sie sich noch ein Weilchen, während Molli mit ihren Freundinnen über den Schulhof tollt, wo Ruths Lehrer, Herr Heller, neben seinem Kollegen die Pausenaufsicht führt.
„Darf ich Ihnen das Gedicht aufsagen?" fragt Molli. Sie möchte ihre Weisheit nämlich loswerden. Natürlich hält Herr Heller das Mädchen für Melanie. Kann er denn ahnen, daß die Zwillinge mal wieder ihre Rolle getauscht haben? Nein!
„Na", fragt er wohlwollend, „hast du dich denn in der neuen Klasse eingewöhnt?"
„Och, lieber wäre ich ja bei Ihnen geblieben", antwortet Molli.
„Laß das nur nicht den Herrn Petersil hören, mein Kind. Habe Geduld, wenn du zehn bist, übernehme ich eure Klasse. Und das Gedicht sagst du nachher bei mir auf. Ich werde Herrn Petersil Bescheid sagen."
Molli springt davon. Der Herr Heller ist doch ein netter Lehrer. Melli hat ganz recht. Dann schließt sie sich den anderen Kindern an. Molli ißt ihr Butterbrot und einen Apfel. Das Apfelgehäuse wickelt sie in das leere Butterbrotpapier und steckt es achtlos in die Tasche ihres Rockes. Die beiden Papierkörbe im Schulhof hat sie noch nicht wahrgenommen.
„Wer bist du nun eigentlich?" fragt Lisa. „Molli oder Melli?"
„Rate mal."

„Ach, das rate ich doch nie. Sag's schon."
„Ich bin Molli."
„Ich verstehe nicht, wie euch jemand auseinander halten kann. Das muß doch schrecklich schwer sein, was?"
„Schwer schon, aber oft auch recht lustig. Wenn's nicht schief geht — ins Auge, wie man so schön sagt."
„Wieso?"
Das erfährt Lisa im Augenblick nicht, aber dafür Melli. Als es wieder zum Unterricht läutet, laufen die Mädchen ins Haus zurück und die Treppe hinauf. Dabei fällt Molli das Butterbrotpapier aus der Tasche. Der Hausmeister, der gerade die vielen Pflanzen begießt, hat es genau gesehen.

„He, du, komm her!" ruft er ihr nach, aber im schwatzenden Lärm der Kinder hat ihn niemand gehört.

Er ist ärgerlich, denn solche Liederlichkeiten kann er auf den Tod nicht leiden. Da kommt Melli mit Gert herein. Ein wenig verwundert ist der Hausmeister ja, als er das Mädchen in der Halle schon wieder sieht, wo es doch gerade die Treppe hinauf gelaufen ist. Aber es kann keinen Zweifel geben, daß er die Sünderin erwischt hat.

„Komm her", sagt er streng, „hier wird kein Papier weggeworfen. Dazu haben wir Papierkörbe, verstanden?"

„Aber ich habe doch nichts weggeworfen", Mellis Augen blitzen. Ungerechtigkeiten mag sie nicht.

„Jetzt lüge nicht noch! Ich habe es gesehen. Du hast das Papier hierher geworfen. Hebe es auf und trage es in den Papierkorb."

„Das kann nicht stimmen, Herr Reißig", mischt sich nun Gert ein. „Melli ist die ganze Zeit mit mir drüben am Eiswagen gewesen. Eben kommen wir von dort. Außerdem hatte sie weder Brot noch Papier bei sich."

„Ich habe es aber mit meinen eigenen Augen gesehen!" Der Hausmeister kratzt sich am Kopf. Und er sagt noch einmal: „Es war dieses Mädchen und kein anderes."

Melli ahnt gleich, daß sie wieder einmal mit Molli verwechselt wird und sagt:

„Gut, ich hebe es auf, aber ich war es wirklich nicht, Herr Reißig. Bestimmt nicht."

„In welche Klasse gehst du denn?"

„Zu Herrn Petersil", gibt Melli ungern Auskunft. „Aber wenn ich das Papier aufhebe, brauchen Sie sich doch nicht mehr bei meinem Lehrer zu beschweren."

„Das überlasse nur mir", knurrt er. „Liederlichkeiten kann ich nicht leiden, aber Lügen gleich gar nicht."

Melli hat das Papier in den Korb geworfen. Sie macht ein langes Gesicht. Gert winkt ihr zu und läuft die Treppe hinauf. Er kann das alles nicht verstehen.

Melli denkt: ‚Ob der Hausmeister wirklich kommt? Und wenn, dann wird er schön überrascht sein . . .'

Molli bleibt auf dem Gang vor dem Zimmer 37 stehen und wartet, bis alle Mädchen in der Klasse sind. Da kommt auch schon Herr Heller und lacht ihr zu.

„Nun komm und zeig mal meinen Großen, was du kannst. Gestern hast du das Gedicht so hübsch aus dem Buch abgelesen. Jetzt bin ich gespannt, wie es heute geht."

Die Mädchen staunen nicht wenig, als der Lehrer mit der kleinen ‚Melanie' in die Klasse kommt, die ja eigentlich Molena heißt.

„Hat sie sich wieder verlaufen?" ruft eine Vorwitzige.

„Nein, heute habe ich sie eingeladen. Sie will mir ihre Schularbeiten vortragen, jenes Gedicht, das ich ihr aufgegeben hatte. So, stell dich hier her, Melanie, und fange an."

Es ist ganz still in der Klasse. Die Größeren blicken interessiert auf das kleine Mädchen, das da so munter vor ihnen steht. Und dann trägt Molli das ganze Gedicht fehlerlos und ohne zu stocken vor. Jeder merkt, daß sie es richtig aufgefaßt und verarbeitet hat, wie das der Herr Heller nennt.

„Das hast du gut gemacht, Melanie", lobt er. „Wenn du in allen Fächern gleich gut bist, wird Herr Petersil gewiß mit dir zufrieden sein. Und nun lauf schnell zu ihm hinüber, damit du nichts versäumst."

Molli lacht und saust zur Tür hinaus und in ihre Klasse. Sie setzte sich auf ihren Platz, während Herr Petersil in der Deutschstunde fortfährt.

Da klopft es an die Tür. Und das Gewitter naht in Gestalt des aufgebrachten Hausmeisters.

„Entschuldigen Sie die Störung, Herr Petersil. Ich möchte nur eine ihrer Schülerinnen etwas fragen. Hier vor der Klasse wird sie mir wohl die Wahrheit sagen — hoffe ich."

„Bitte fragen Sie, Herr Reißig. Ich will nicht annehmen, daß sich unter meinen Schülerinnen eine befindet, die lügt!"

Die Augen des Hausmeisters gehen langsam durch die Reihen, ja — und dann stutzt er. Du liebe Zeit, da sitzt ja zweimal dieselbe! Und eine hatte er verdächtigt. Aber welche?

Ihm ist unbehaglich zumute, als er fragt:

„Welche von euch hat denn nun das Butterbrotpapier in der Halle weggeworfen?"

Molli und Melli sehen sich an. Dann greift Molli in ihre Tasche und erschrickt.

„Oh, mir ist es aus der Tasche gefallen. Weggeworfen habe ich es nicht. Das würde ich nie tun."

Das klingt so ehrlich, daß es der Hausmeister glaubt.

„Es war ein Mißverständnis", sagt er entschuldigend, „ein zweifaches, denn die andere habe ich verdächtigt..."

„Aber das macht doch nichts!" ruft Melli fröhlich dazwischen, „wir werden immer verwechselt. Das sind wir schon gewöhnt."

Da müssen alle Kinder lachen, und sogar der gestrenge Herr Petersil kann sich ein Grinsen nicht verkneifen.

Am Nachmittag geht Gert zum Amselweg. Melli, Manni und die kleine Nelli tollen mit den beiden Pudeln auf der Straße umher. Vor lauter Eifer haben sie den Jungen gar nicht gesehen. Mit einem Päckchen unter dem Arm kommt er angeschlendert. Gert freilich hat Melli längst entdeckt.

„Gert!" ruft Melli, die den Jungen nun erkannt hat, „kommst du auf einen Besuch bei uns vorbei?"

„Nein", sagt er, denn das möchte er nicht zugeben. „Ich hatte hier in der Nähe etwas für meinen Vater zu tun. Und da wollte ich mal so ganz nebenbei sehen, wo du wohnst. Da, ich habe dir was mitgebracht." Er hält ihr das Päckchen hin.

„Wieder Visitenkarten?"

„Nein, pack's nur aus!" Er ist etwas aufgeregt.

Melli wickelt das Päckchen aus, in dem sie Briefbögen und Umschläge findet, die — gedruckt — ihren Namen tragen.

„Oh, ist das herrlich! Hast du sie selbst gedruckt, Gert?" Er nickt.

„Warte, ich will sie nur ins Haus tragen, dann komme ich wieder."

Da steht der Junge nun, etwas hilflos und unschlüssig. Schön ist es hier, wirklich. Er betrachtet die neuen Häuser und die Gärten, die alle noch ein bißchen ungepflegt aussehen, ein wenig kahl.

Da öffnet sich die Tür des Nebenhauses, und wer kommt? Natürlich Molli, begleitet von Petra und Tina. Sie schnattern wie die Gänse und toben durch den Vorgarten.

„Gert!" ruft Molli überrascht, „wo kommst du denn her?" Sie hat natürlich keine Ahnung, daß er schon mit ihrer Schwester gesprochen hat. „Willst du mich besuchen?"

„Das hast du eben schon mal gefragt!" staunt der Junge. „Nun frag nur noch nach dem Päckchen — dann weiß ich Bescheid." Er tippt sich gegen die Stirn. „Meinst du das mit den Visitenkarten?" fragt Molli, die ja keine Ahnung hat, was Gert ihrer Schwester eben gebracht hat.

Nun weiß Gert wirklich nicht mehr, was er von der Situation halten soll. Er stottert nur: „Warum willst du mich schon wieder auf den Arm nehmen?!"

Ja, nun weiß Molli was vorliegt, versteht, daß eben noch Melli hier gewesen sein muß. Sie macht ein hilfloses Gesicht. Da kommen Markus und Dieter. Der fragt: „Sag mal Melli, wo steckt eigentlich Petra?"

Markus lacht: „Wenn mich nicht alles täuscht, ist das Molli, stimmt's?"

Das Mädchen blinzelt den Bruder verstohlen an: „Wie kommst du darauf? Ich bin Melli."

„Na ja — von mir aus ..." Er mag diese Komödie nicht. „Und wer ist das?" fragt Dieter.

Gert hat dem kurzen Wortwechsel überrascht und verwirrt zugehört, aber klug ist er daraus nicht geworden.

„Der Junge besucht unsere Schule. Sein Vater besitzt eine

Druckerei. Leider habe ich sie noch nicht besuchen können, denn sehen möchte ich sie schon einmal..." Herrgott! Jetzt hat sie sich in die Patsche gesetzt... Wie konnte sie nur so dumm sein?

„Na, nun hör aber auf!" meldet sich Gert zu Wort, „ich habe sie dir doch selbst gezeigt. Jetzt glaube ich wirklich, daß es bei dir nicht ganz stimmt."

Gert ist enttäuscht. Das Mädchen hatte ihm so gut gefallen. Er hatte sich schon immer eine Schwester gewünscht und er wäre zufrieden gewesen, wenn sie Melli geähnelt hätte. Und nun dieser Reinfall!

Markus kann sich das Lachen nun wirklich nicht mehr verkneifen. Gert aber — enttäuscht und traurig — will gehen.

Da sagt Markus: „Sei nicht eingeschnappt, Gert, du gefällst mir! Laß uns Freundschaft schließen. Wir vier, Ralf, Dieter, du und ich würden doch gut zusammenpassen. Meinst du nicht? Die Mädchen haben nur Spaß mit dir gemacht. Sie können's nicht lassen. Aber sie wollten dir bestimmt nicht übel mitspielen."

„Was denn für Mädchen?" fragt Gert verblüfft.

„Du wirst es gleich sehen. Warte, ich komme sofort wieder." Er läuft ins Haus und kommt mit Melli zurück, „was sagst du nun?"

Gert ist sprachlos, und dann — endlich — begreift er alles.

„Die haben mich ja ganz schön hineingelegt", lacht er. „Und ich habe nichts davon gemerkt!"

Auch Molli und Melli lachen. Und dann entschuldigen sie sich bei Gert. Denn beide mögen den Jungen gut leiden.

Herr Petersil zähmt die Zwillinge

Nun gehen Molli und Melli wieder zusammen mit den Freundinnen zur Schule. Gert weiß zwar nun, daß er es mit zwei Mädchen zu tun hat, aber ihm ergeht es wie allen anderen: Er kann die Zwillinge nicht auseinander halten. Er hat sich da freilich etwas ausgedacht. Er erwartet die Mädchen in der Schulhalle.

„Molli, wie wäre es, wenn du heute nachmittag in unsere

Druckerei kommen würdest? Du willst sie doch sicher auch kennenlernen?"

Molli antwortet sofort: „O ja — gern. Melli hat mir schon erzählt, wie interessant es dort ist."

Also, das war Molli, ohne Zweifel. Jetzt hat er den Trick 'raus. Er muß, wenn er die Mädchen anspricht, einen Namen nennen. Dann wird schon die Richtige antworten.

„Kann ich nicht auch noch einmal mitkommen, Gert?" fragt Melli.

„Aber gern, das ist doch klar."

„Also, abgemacht, Gert, wir kommen!" Molli wagt noch eine kleine Bitte auszusprechen. „Könntest du wohl für mich auch ein paar Visitenkarten drucken?"

„Ja, die bekommst du. Ich wußte ja nicht, daß ihr zwei seid."

Aber auf welchem Schulhof geht es nicht lebhaft zu? So wird Gert von seinen Klassenkameraden gerufen und er wendet sich ihnen zu. Auch Lisa, Hannchen und Lilo erscheinen und begrüßen lautstark die Freundinnen.

Lisa will Molli mit fortziehen, aber Molli hat es nicht eilig.

„Geht nur", sagt sie, „wir kommen gleich!"

Gert wendet sich wieder um und sagt: „Du, Molli ..."

Die Mädchen kichern.

„Ich bin Melli", antwortet Molli.

„Wieso? Du hast doch links gestanden und Molli rechts..."

„Du liebe Zeit, wir sind doch hier nicht angewachsen! Wir sind eben ein bißchen durcheinander geraten."

Gert lacht. Es gibt keine Methode, die beiden auseinander zu halten. Am besten, er gibt es auf! Da scheppert die Klingel und alle rennen in ihre Klassen.

„In der Pause am Eiswagen!" ruft Gert zurück. Die Mädchen nicken. Petra meint: „Gert wird euretwegen sein ganzes Taschengeld in Eis umsetzen. Könnt ihr das denn zulassen?"

„Das muß er selber verantworten", meint Melli, „uns schmeckt's."

„Heute bekommen wir die Aufsätze zurück", sagt Tina zu Edith. Aber die schweigt; sie denkt nicht daran zu antworten. Sie

113

ist sauer, wie sich Markus ausdrücken würde, sauer, eingeschnappt und eifersüchtig.

Endlich kommt Herr Petersil schwungvoll in die Klasse. Den großen Heftstoß, den er angeschleppt bringt, legt er auf seinen Schreibtisch.

„Nun", sagt er, „da will ich euch mal die Aufsätze zurückgeben!"

Natürlich ist es nun mucksmäuschenstill.

„Den kürzesten Aufsatz hat mir Edith abgeliefert, ja, leider." Herr Petersil hüstelt ein wenig. Das ist kein Zeichen von guter Stimmung. „Du solltest dir vielleicht mal ein wenig Mühe geben, die Schule nicht für eine Schlafstelle halten..."

Edith wird rot.

„Erfreuliches kann ich von unseren Zwillingen berichten." Er hat tatsächlich ‚unsere Zwillinge' gesagt. „Jede beschreibt auf vier Seiten ihre Ferienerlebnisse so lebendig und bildhaft, klar und sicher, daß ich euch die Arbeiten vorlesen möchte."

Und nun können alle Kinder der Klasse die Abenteuer um Mucke auf dem Autofriedhof und die Verwicklung um das Los miterleben...

‚Das ist ja spannend wie ein Fernsehkrimi', denkt Edith, denn wenn ihre Eltern mal nicht da sind, stellt sie das Fernsehen an... Obgleich ihr das der Vater verboten hat.

„Nehmt euch ein Beispiel dran", sagt Herr Petersil noch. Dann gibt er die Hefte zurück.

In der Pause drängen sich die Mädchen der Klasse um Molli und Melli. Sie sind nun wirklich der Mittelpunkt des Schulhofes geworden. Dabei haben sie es gewiß nicht darauf angelegt. Mara, die gleich hinter den Zwillingen sitzt, will wissen, ob die geschilderten Erlebnisse auch wirklich wahr sind.

„Natürlich, was dachtest du denn?" antwortet Melli. „Wir hätten hundert Seiten füllen können; soviel haben wir während der Ferien erlebt."

„Siehste!" sagt Mara. „Siehste, man muß nicht immer um die halbe Welt reisen, wenn man was erleben will. Wir waren in Tirol. Aber außer Regen und nassen Füßen war nichts, glatt gar nichts..."

„Und wo hast du deine Ferien verbracht, Tina?"

„Auch in den eigenen vier Wänden, na ja, und natürlich mit den Meinhardtkindern auf der Straße, in den Gärten, auf den Bauplätzen, überall und nirgends..."

Lisa steht etwas nachdenklich neben der Gruppe. Sie schielt zu Edith, die sich abgesondert hat und einen wirklich kläglichen Eindruck macht. Tina möchte ihr gern was Freundliches sagen. Ihr gutes Herz rührt sich. Aber sie wagt es nicht, denn Edith kann giftig werden. Und noch einmal ‚abblitzen', nein, das will sie auch nicht!

In der nächsten Stunde tauschen die Zwillinge in einem günstigen Moment wieder die Plätze. Beim Rechnen geht es nicht anders. Das haben sie sich nun einmal angewöhnt. Aber Edith kann ihre Wut nun nicht mehr zurückhalten.

Laut ruft sie: „Herr Petersil, Molli und Melli wollen Sie 'reinlegen. In der Rechenstunde wechseln sie stets die Plätze."

Still ist es nun. Man könnte eine Mücke niesen hören. Herr Petersil stutzt, will das noch nicht ganz begreifen. Wieder räuspert er sich und putzt — fast ein wenig verlegen die Brille.

Schließlich fragt er:

„Wer hat das noch gesehen?"

Niemand meldet sich. Keines der Mädchen will die Zwillinge anschwärzen. Selbst der Lehrer amüsiert sich, was er natürlich nicht zu erkennen gibt. Er muß ja auch ‚durchgreifen', sonst würde er bald die Autorität verlieren, nicht wahr?

„Ich will den Dingen jetzt nicht auf den Grund gehen", sagt er. „Aber sollte an der Verwechslungskomödie etwas dran sein, so bitte ich euch, Molli und Melli, jene Plätze einzunehmen, die ich euch angewiesen habe. Wir sind hier nicht im Theater!"

Nun — lügen können die beiden nicht. Und sie tauschen, rot im Gesicht wie überreife Tomaten, ihre Plätze. Jetzt weiß der Lehrer Petersil, daß Edith zwar gepetzt hat, aber er weiß auch, daß man die Zwillinge strenger im Auge behalten muß. Was Wunder, daß er am Ende des Unterrichts Molli einen Brief an deren Mutter in die Hand drückt. Und was fast noch schlimmer ist: Er hat die beiden zuletzt keines Blickes mehr gewürdigt. Natürlich gibt es nach der Schule ein großes Hallo. Alle fallen über

Edith her. Sie machen ihr schlimme Vorwürfe. Kleinlaut dagegen sind Molli und Melli. Sie gestehen lediglich ein, daß sie schon früher — in der alten Schule — im Rechnen oft ihre Plätze getauscht haben.

„Wenn wir uns nicht sicher waren...", stottert Melli, „nur dann. Aber das war doch nie böse gemeint."

„Petze, Petze", ruft Barbara, die Edith sowieso nicht leiden kann, weil die mit ihren neuen Sachen immer so furchtbar angibt.

„Zwillinge gelten für eins", sagt Barbara noch. „Das merkt man doch an Molli und Melli. Wir können sie ja nicht mal auseinanderhalten."

Edith sucht für alle Fälle das Weite. Ihr wird es ein bißchen mulmig. Sie hört noch, wie Lisa sagt:

„Ich sollte mal meinen großen Bruder ein wenig auf Edith ansetzen. Ein paar Maulschellen würden ihr nicht schaden!"

Mara fragt Tina: „Na, mein Täubchen, was sagst du nun zu deiner sauberen Freundin, wie?"

Aber Tina schämt sich für Edith. Sie blickt auf den Boden, als hätte sie dort ihre Stimme verloren. Eine Antwort jedenfalls gibt sie nicht.

Zu Hause geben die Zwillinge ihrer Mutter den Brief des Lehrers.

Markus, der dazukommt, fragt: „Na, Mutti, wer schreibt dir denn einen Liebesbrief? Wenn das mal der Vati mitkriegt...!"

Die Mutter aber sagt kurz und knapp: „Herr Petersil schreibt, daß ihr ab morgen nicht mehr in der gleichen Kleidung in die Schule kommen dürft. Es geht ihm, wie er sich ausdrückt, ‚um die Erleichterung des Unterrichts'..."

„Und sonst", stottert Molli, wobei sie die Schwester anstupst, „sonst schreibt er nichts?"

„Nein", antwortet die Mutter. „Sonst schreibt er nichts." Sie stutzt. Schaut auf ihre Rangen, die sie ja zu kennen meint, und fragt: „Was habt ihr denn wieder angestellt?" Da rücken sie mit ihrem Trick heraus, denn vor der Mutter wollen sie keine Heimlichkeiten haben.

„Ja, ja, so ist das", flötet Melli. Und Molli nickt.

„Das kommt nicht wieder vor", ordnet Frau Meinhardt an. „Nie wieder! Aus eurer Ähnlichkeit dürft ihr keine Vorteile ziehen. Und in der Schule schon gar nicht — ist das klar?!" Die Zwillinge nicken eifrig.

Nun, Frau Meinhardt weiß schon, daß sie sich auf ihre Töchter verlassen kann.

Aber Melli kann sich es nicht verkneifen festzustellen:

„Trotzdem war das von der Edith nicht schön. Ich finde, daß man nicht petzen soll!"

„Schon, schon." Die Mutter lächelt jetzt. Sie nimmt das wohl auch nicht so tragisch. „Aber im Grunde", fährt sie fort, „hat doch die Edith nur so gehandelt, weil sie von Tina enttäuscht ist. Sie fühlt sich ihrerseits auch verraten."

Pause! Große, leere Pause. Die Mutter merkt schon, was sich vorbereitet. Sie braucht den Mädchen nur in die Augen zu sehen.

Ja — und da sprudelt es auch schon aus Molli heraus:

„Mami, ich denke nicht daran, mich anders als Melli zu kleiden!"

Hat sie es nicht gleich gewußt?
Und da mischt sich auch schon Markus in das Gespräch: „Das darf der Lehrer gar nicht verlangen. Wo kämen wir denn da hin? Er soll den Kindern was beibringen, dafür ist er da; gut, er hat das Recht zu strafen, wenn jemand Strafe verdient. Aber die Kleidung kann er nicht bestimmen — nie! Heute nicht mehr..."
Wie er sich ereifert!
Natürlich protestiert nun auch Melli: „Ich ziehe das gleiche an wie meine Schwester. Wir sind daran gewöhnt."
„Nun", paßt sich Frau Meinhardt den Kindern an, „ich werde Herrn Petersil schriftlich bitten, es beim Gewohnten zu belassen. Vielleicht hat er Verständnis dafür."
Herr Petersil liest den Brief der Frau Meinhardt mit gemischten Gefühlen.
Was schreibt sie:
"... vielleicht haben Sie für meine Bitte Verständnis. Die gleiche Kleidung, an die meine Kinder seit eh und je gewohnt sind, gilt ihnen als Ausdruck einer echten Zusammengehörigkeit. Sie sind so aufgewachsen. Vielleicht hängt sogar ihr seelisches Gleichgewicht davon ab. Auch glaube ich sicher, sehr geehrter Herr Petersil, daß Sie bald in der Lage sein werden, meine Töchter — trotz der Ähnlichkeiten — unterscheiden zu können, denn es gibt Merkmale, die das ermöglichen..."
Der Klassenlehrer ist kein Unmensch, wirklich nicht. Er läßt seine Augen zu Molli und Melli wandern... Nun, die Mutter hat gut reden. Er jedenfalls erkennt da keinen Unterschied.
„Ja", sagt er schließlich, „ja..." Und er putzt schon wieder seine randlose Brille. „Ja, da wollen wir mal eine kleine Umbesetzung vornehmen. Molena, du setzt dich da an die Wand — zu Hannchen... So ist's recht, ja! Und du, Lilo, ziehst um zu Melanie. Vielleicht weiß ich dann endlich, mit wem ich das Vergnügen habe." Und lachend fügt er hinzu: „Auch in der Rechenstunde!"
Die Kinder sind zufrieden.
In der Pause sagt Hannchen, die sonst immer sehr still und fast ein wenig schüchtern ist: „Fein, daß du neben mir sitzt, Molli. Ich freue mich darüber."

Und auch Lilo sitzt gern neben der lustigen Melli. Sie werden sich schon gut vertragen.

In der Pause fragt Herr Heller Herrn Petersil: „Nun, wie gefallen Ihnen die neuen Schülerinnen? Ich glaube, sie sind nicht unbegabt."

Herr Petersil muß lachen. „Vor allem sind sie hervorragende Schauspielerinnen..." Und er berichtet dem Kollegen von seinen Erfahrungen und Erlebnissen mit den beiden Rangen. Allerdings hängt er die Klage gleich hinter den Spaß: „Sie zu unterscheiden, sie auseinanderzuhalten, erscheint mir freilich praktisch unmöglich. Die Mutter will nicht, daß sie in verschiedener Kleidung in die Schule kommen; dafür führt sie Gründe an, die eigentlich unberechtigt sind... Nun, jetzt habe ich sie auseinandergesetzt, weit auseinander. Vielleicht habe ich nun mehr Glück."

Herr Heller, der auch seine Erfahrungen hat, wiegt den Kopf.

„Und wer, lieber Herr Kollege, garantiert Ihnen, daß die Mädchen nicht doch einmal wieder die Plätze tauschen? Nicht aus Bösartigkeit, bestimmt nicht. Aber ich kann mir schon denken, daß die Verlockung groß ist. Sicher sind Sie doch nur, solange Sie die beiden Schelme im Auge behalten..."

Da kann Herr Petersil nicht widersprechen. Weiß er, ob die Mädchen nach der Pause nicht bereits wieder die Bänke gewechselt haben. Weder er noch die anderen Kinder können darauf schwören, hier Molena und dort Melanie vor sich zu haben... Er schüttelt mit dem Kopf. „Man lernt nie aus", seufzt er, „auch als Lehrer nicht, für Überraschungen sorgt das Schicksal."

Als hätten die erfahrenen Lehrer die Zukunft voraussagen können, wirbelt der Spukteufel in den Köpfchen der Zwillinge. Sie tauschen nach einem heimlichen, unauffälligen Getuschel ihre Hefte und beziehen nach der Pause die fremden Plätze. Muttis Ermahnungen sind vergessen: Neben Hannchen sitzt jetzt Melli und bei Lilo hockt — ganz die Unschuld in Person — Molli.

Herr Petersil betritt nach dem Klingeln seine Klasse. Die Worte des Kollegen Heller wollen ihm nicht aus dem Kopf. Dennoch kann er nicht daran glauben, daß ihm die Mädchen erneut einen Streich spielen werden. Um ganz sicher zu gehen, versucht er es mit einem kleinen Trick.

„Ich möchte noch etwas in deinem Deutschheft nachsehen, Melanie", sagt er, wobei er an das Fenster tritt und sich von Molli das Heft geben läßt.

Er geht damit an seinen Tisch zurück, blättert zur Tarnung ein wenig darin herum und macht schließlich mit seinem Bleistift ein winziges Kreuzchen auf die hintere Innenseite. So, die ihm dieses Heft vorzeigt, müßte also Melanie sein! Das ist ein sicheres Zeichen. Er gibt ihr das Heft zurück. Der Unterricht kann beginnen.

Noch haben der Lehrer und die Klassenkameradinnen nichts gemerkt.

Und Molli und Melli kichern vergnügt, als sie heimgehen. Als Hausaufgabe müssen sie aus einer Erzählung alle Tätigkeitswörter streichen. Das ist nicht schwer, und die Arbeit macht ihnen Spaß. Sie sind schon fast fertig damit, als Molli plötzlich auffährt.

„Uih, was mir jetzt passiert ist, Melli! Sieh nur, der große Klecks!"

„Auweih, da wird Herr Petersil zanken. Auf Sauberkeit legt er großen Wert. Weißt du, wie er mit Barbara zankte, als sie einen ganz kleinen Klecks gemacht hatte?"

„Hör nur auf, Melli! Und der hier ist so groß, als wäre Mohrle darüberspaziert. Was soll ich nur machen?"

„Reiß doch die Seite 'raus!"

„Nein, das geht nicht. Auf der anderen Seite hat der Lehrer mit roter Tinte die Noten für den Aufsatz hingeschrieben."

„Radiere ihn weg."

„Dazu ist er zu groß. Das gibt ein Loch."

Sie sitzen kleinlaut an ihrem Tisch und sehen sich ratlos an. Diesmal hilft ihnen auch ihre sprichwörtliche Phantasie nicht weiter.

Schließlich erklärt Melli: „Mir macht es nichts aus, wenn Herr Petersil mit mir zankt. Komm, gib mir dein Heft. Ich sage, es würde mir gehören."

„Nein, das geht beim besten Willen nicht. Da steht doch mein Name drauf."

Melli überlegt: „Ja, aber nur außen auf dem Umschlag. Wir tauschen den Umschlag und dann ist es mein Heft. Hurra! Das geht..."

„Willst du wirklich mein Heft nehmen Melli? Dann wird Herr Petersil wegen des Kleckses doch mit dir zanken?! Das möchte ich wirklich nicht."

„Ach laß mal! Wir sind Zwillinge — da muß eine für die andere leiden können. Es ist ja nicht das erstemal."

So tauschen sie also wirklich den Umschlag und Mollis Heft gehört nun Melli — jenes Heft, in dem Herr Petersil sein Kreuzchen angebracht hat. Es gehört jetzt Melli, ganz wie es Herr Petersil gedacht hatte.

Er geht am nächsten Morgen von Bank und zu Bank und sieht die Hefte durch. Er lobt und rügt, sieht sich auch Mollis Heft an und nickt zufrieden. Schließlich kommt er zu Melli. Schnell sucht er nach seinem Kreuzchen! Und da ist es auch. Melli sitzt also ordentlich auf dem ihr zugewiesenen Platz. Ja, und dann entdeckt er den Riesenklecks. Melli senkt schuldbewußt den Blick.

„Was ist denn das für eine Liederlichkeit!" schimpft er. „Ihr seid doch keine Erstkläßler mehr. Melanie Meinhardt, was soll das?"

„Das ist mir gestern passiert. Ich bitte um Entschuldigung. Ich kann wirklich nichts dafür."

„So, du kannst nichts dafür. Das gibt einen Minuspunkt, mangelhafte Ordnung. Hier hast du dein Heft wieder. So etwas will ich nicht wieder sehen."

„Ja", sagt Melli. Sie nimmt ihr Heft und setzt sich wieder.

„Das ist ja glimpflich verlaufen", sagt Molli zu Melli in der Pause.

„Na siehst du", triumphiert Melli, „Herr Petersil ist ja gar nicht so streng. Nun kannst du dein Heft zurückbekommen. Nach dem Klecks guckt er nicht wieder."

So tauschen sie zu Hause die Außenhüllen wieder aus und meinen, daß nun alles in bester Ordnung wäre. Aber Molli zeigt am nächsten Tag ihr Heft doch mit gemischten Gefühlen. Der

Lehrer hat den Klecks wohl längst vergessen. Aber als Herr Petersil das Büchlein zurückgeben will, entgleitet es ihm. Aufgeschlagen bleibt es liegen — mit dem Klecks obenauf. Tina bückt sich und gibt Herrn Petersil das Heft zurück.

„Moment?" überlegt er, „hatte nicht Melanie ihr Heft bekleckst — und nicht Molena? Aber jetzt hat auch sie einen in ihrem Heft. Müssen denn Zwillinge tatsächlich immer dasselbe tun?" Er blättert — nichts Gutes ahnend — zurück und sieht sein kleines Kreuz auf der hinteren Seite.

Das ist doch Melanies Heft! Wie kommt Molena zu Melanies Heft?

„Wer bist du?" fragt er streng.

„Molena", sagt das Mädchen verwundert.

„Ich möchte dich und deine Schwester nach der Stunde sprechen. Auch mein Verständnis für Späße hat Grenzen!"

Molli und Melli wechseln über die Klasse hinweg einen schnellen Blick. Sie sehen die fragenden Gesichter der Klassenkameradinnen und Ediths schiefes, schadenfrohes Grinsen. Was war nun wieder los? Die aufgekommene Spannung lastet auf der Stunde. Als die anderen Mädchen das Klassenzimmer in der Pause verlassen haben, treten Molli und Melli zum Tisch des Lehrers. Er sieht sie eine Weile stumm an. Molli und Melli wird es unbehaglich. Was haben sie nur angerichtet? Es ist doch ganz unmöglich, daß der Lehrer ihren kleinen Schwindel bemerkt haben kann. Keiner sah, wie sie die Plätze tauschten.

„Molena", sagt er und sieht sie beide an, da er nicht weiß, welche Molena ist, „wie kommst du zu Melanies Deutschheft?"

„Es ist schon immer mein Heft", erwidert Molli.

„Nein, das stimmt nicht. Dieses Heft mit dem Klecks habe ich einmal von Melanie bekommen. Melanie hat ihren Platz am Fenster. Du sitzt an der Wand. Und von dir habe ich Melanies Heft bekommen. Leugne nicht! Wie geht das zu?"

„Ich ... ich weiß nicht", stottert Molli verwirrt. „Vielleicht haben wir die Hefte verwechselt."

„Vielleicht habt ihr die Plätze verwechselt, wie? Molena hat sich auf Melanies Platz gesetzt und Melanie auf den Platz von Molena. Ist es so?"

Molli und Melli sind viel zu ehrlich, um zu lügen. Und so gesteht Melli: „Ja, wir haben einmal die Plätze getauscht. Aber es war nur ein kleiner Spaß, und wir haben uns nichts Böses dabei gedacht. Wir bitten um Entschuldigung. Wir wollen das auch nicht wieder tun."
Herr Petersil merkt an Mellis Worten, daß sie es ernst meint, ernst und ehrlich. Aber er kann und will solche Scherze nicht durchgehen lassen. Jetzt nicht mehr. Wohin könnte das führen?
So sagt er: „Gut, ich will glauben, daß ihr diese Dinge in Zukunft unterlaßt. Aber heute bleibt ihr zur Strafe eine Stunde länger in der Schule. Diese Stunde sitzt ihr in der Klasse von Herrn Heller ab."
Er blättert im Rechenbuch. „Ihr macht in der Zeit die Aufgaben Seite 15, Nummer 1—8. Morgen legt ihr mir sie vor. Verstanden?"
„Ja, Herr Petersil", sagen beide gleichzeitig und ein wenig kleinlaut zugleich.
‚Der Kollege Heller hat also recht behalten', denkt er. ‚Die beiden Racker haben mich diesmal wieder hineingelegt. Ich will hoffen, daß es das letztemal war. Es würde mir leid tun, wenn ich die beiden Mädchen dem Direktor melden müßte, denn im Grunde genommen sind es gute Schülerinnen.'
Herr Heller ist, als die Sünderinnen erscheinen, schon im Bilde.
Er setzt sie in die letzte Bank. Sie schlagen ihre Rechenbücher auf und beginnen mit ihrer Strafarbeit. Die anderen Mädchen sehen sich verstohlen nach ihnen um. Was müssen die Kleinen nur angestellt haben? Sicher haben sie inzwischen kapiert, daß es nicht ratsam ist, den gestrengen Herrn Petersil zu ärgern.
Herr Heller drückt ein Auge zu, wenn sich Molli und Melli bei ihren Aufgaben leise flüsternd helfen. Und dann ist auch diese Stunde um.
Er ruft sie zu sich, als sie das Klassenzimmer mit einem freundlichen Gruß — aber doch betreten — verlassen wollen.
„Was habt ihr zwei denn angestellt, wie? Für eine Strafstunde muß man doch schon allerhand auf dem Kerbholz haben."
Da erzählt Melli, daß sie ihre Plätze wieder getauscht hatten

und der dumme Klecks alles verraten hat. Herr Heller verkneift sich ein kleines Lächeln. Also doch! Sie hatten die Plätze getauscht! Hatte er's nicht vorausgesagt. Oh — er kennt doch seine Pappenheimer.

Die Mutter ist froh, als die Zwillinge heimkommen. Sie hatte sich ernsthaft Sorgen gemacht. Die Zwillinge beichten ihr Vergehen. Markus freilich lacht darüber.

„Warum hat er uns auch auseinandergesetzt", klagt Molli vorwurfsvoll.

„Es war sein gutes Recht", verteidigt die Mutter den Lehrer. „Er hat es wirklich nicht leicht mit euch. Ich bin erstaunt, daß er noch so glimpflich mit euch umgeht. Es gehört sich nicht, solche Scherze auf Kosten anderer zu machen. Ihr habt mir schon einmal versprochen, Herrn Petersil nicht mehr zu kränken. Habt ihr das ganz vergessen?"

„Nein, Mutti", sagen die beiden Mädchen und senken schuldbewußt den Kopf.

„Weiß Herr Petersil nun, wer Molli und wer Melli ist, Mutti?" fragt Manni.

Die Mutter seufzt abgrundtief: „Nein, das weiß er immer noch nicht. Die eine ist ja so frech wie die andere!"

※

Seit drei Monaten wohnen Meinhardts nun schon in dem neuen Haus. Es ist Oktober geworden, und die Kinder haben eine Woche lang Herbstferien. Die neue Schule ist ihnen vertraut geworden. Nur Herr Petersil kann nicht behaupten, daß ihm die Zwillinge in dieser Zeit vertrauter geworden sind. Er kann sie noch immer nicht auseinanderhalten. Es hat inzwischen noch manche Verwechslung und allerlei Spaß gegeben. Aber absichtlich haben es Molli und Melli doch nicht wieder gewagt, ihren Lehrer anzuführen. Sie wissen, daß sie damit auch die Mutter aufregen würden. Und das wollen sie bestimmt nicht.

„Am Montag beginnt die Schule wieder", sagt Molli, während sie vor dem Spiegel steht und sich die Haare bürstet.

„Erinnere mich nicht daran", wehrt Melli ab. „Heute haben wir erst Samstag. Und der ist neben dem Sonntag immer noch der schönste Tag der Woche. Da ist Vati zu Hause, und wir sind alle beisammen."

„Und dazu noch dieses schöne Wetter! Sieh nur, Melli, der Himmel ist so blau wie im Sommer, noch höher und weiter sogar." Mild strömt die Luft durchs Fenster, das Molli geöffnet hat. Die Sonne ist aufgegangen, und ihr Schein glitzert im Tau des Rasens. Die Mutter hat auf dem Eßplatz neben dem Wohnzimmer den Tisch gedeckt, und nun finden sie sich alle zum Frühstück zusammen. Während sie Manni ein Brot schmiert, fragt sie ihren Mann: „Was hast du heute vor, Martin? Hast du dir wieder Arbeit vom Geschäft mitgebracht? Das solltest du nicht übertreiben. Auch du brauchst einmal Ruhe und Entspannung!"

Der Vater strahlt:

„Nein, ich habe keine Arbeit zu erledigen. Und ich will auch in Zukunft zu Hause meine Ruhe genießen. Das Wochenende soll ganz der Familie gehören." Und in einem plötzlichen Einfall fügt er hinzu: „Wißt ihr, was? Wir erheben ab heute schon den Samstag zum Familientag."

„Au fein, Vati, das ist wirklich eine tolle Idee!" ruft Markus. „Der Samstag hat mir bisher eigentlich nie gefallen. Du warst zwar zu Hause, aber außer den Mahlzeiten sahen wir dich nie."

Manni ist mit Mohrle auf die Straße hinausgelaufen. Der Pudel hetzt in langen Sätzen zu Schäfers hinüber und setzt sich vor die Tür. Manni klingelt.

„Halt, Mohrle!" Frau Schäfer, die ihre Tür geöffnet hat, hält den Hund am Halsband zurück. „Du kannst leider nicht ins Haus. Unsere Lissi ist krank. Sie braucht Ruhe."

„Hat sie die Masern?" fragt Manni ein bißchen altklug, aber eine andere Krankheit fällt ihm nicht ein.

„Nein, die hat sie nicht. Geh wieder mit Mohrle auf die Straße, Manni. Nelli kommt gleich nach. Sie wird gern mit dir spielen."

Mohrle knurrt. Er hätte so gern mit Lissi gespielt.

Der Vater hat sein Arbeitszimmer aufgeräumt und ruft:

„Kann ich dir in der Küche helfen, Meike?"

Die Mutter überlegt. Auf dem Tisch dampfen Kartoffeln im Topf.

„Wenn du mit den Kartoffeln fertig wirst, könnte ich die Räume auswischen. Die Mädchen haben schon Staub gewischt."

„Das mache ich, Meike. Was soll's denn geben?"

„Kartoffelsalat und Würstchen!"

„Hm, gut." Herr Meinhardt macht sich ans Schälen. Da die Kartoffeln noch heiß sind, spießt er sie auf die Gabel.

„Ach je", sagt die Mutter erschrocken, als sie nach einer Weile zurückkommt. „Du hast ja alle Kartoffeln ganz und gar zerstückelt!"

„Da kann ich nun wirklich nichts dafür, Meike. Wenn ich sie auf die Gabel steche, brechen sie auseinander. Das ist nun einmal so, auch wenn es mir leid tut."

„Da gibt es eben saures Kartoffelmus", lacht Markus. Er hat die Küchentür ausgehängt und ölt die Scharniere.

„Die verlorenen Eier bereite ich aber selbst zu!" seufzt die Mutter.

„Das ist eine Kleinigkeit. Du hast noch genug zu tun. Komm, gib die Eier her. Das mache ich!" Herr Meinhardt ist nun einmal der geborene Optimist.

Die Mutter zeigt dem Vater, wie er die Eier aufschlagen und ins heiße Essigwasser gleiten lassen muß. Bei ihr sieht das schrecklich einfach aus. Aber der Vater läßt schon das erste Ei auf den Boden fallen.

„Moment, Moment", lacht er ein bißchen verlegen. „Gleich haben wir's..." Und schon greift er nach dem zweiten Ei.

Aber gute Köche fallen so selten in Mutters Küche ein wie gebratene Tauben vom Himmel. Auch das zweite Ei landet — knicksschwapp — auf den Fliesen der Küche. Wenn Markus nicht schallend gelacht hätte, wäre es mucksmäuschenstill in dem „Laboratorium" der Mutter gewesen. So jedenfalls nennt Markus, der künftige Erfinder, Muttis Küche.

„Du nimmst das mit den verlorenen Eiern einfach zu wörtlich, Paps!" kichert Markus. Und daß sich seinem Gelächter die Familie mehr oder weniger freiwillig anschließt, braucht kaum noch gesagt zu werden.

Nun, dem guten Mohrle kommt Herrn Meinhardts Unglück nur recht. Nachdem ihn Melli gerufen hat, schlappert er die leckere Brühe hastig auf. Daß Vater in seinem Ungeschick nun auch noch die Tüte mit den Hundekuchen umstößt, so daß sie — wo auch sonst — ebenfalls auf dem Fußboden landet, ist Mohrle nur recht. Auch er hat zum Wochenende einen Anspruch auf Sonderkost. Daß es ihm schmeckt, verrät sein Schwänzchen. Eine Puderquaste kann nicht schneller bewegt werden.

Trotzdem quittiert der Hund die Extraspeise schließlich mit einem traurigen Gesicht.

„Er weiß, daß Lissi krank ist", meint Manni. „Das kann man ihm deutlich anmerken."

Natürlich ist die Mutter noch vor dem Mittagessen mit ihrer Hausarbeit fertig. Schließlich haben ja alle so gut wie möglich mit zugefaßt.

Die Herbstluft ist an diesem Oktobertag noch sehr warm. Und die Sonne scheint, als wolle sie beweisen, daß auch der Herbst im Konzert der Jahreszeiten nicht nur melancholische Melodien spielen kann. Die Meinhardts können ihr Mahl auf der Terrasse einnehmen.

Wie still es ist. Wenige Falter gaukeln noch über den Astern, die gleich neben der Tür blühen. Und eine Hummel brummt, vom Glanz der Sonne wie vergoldet, durch die Zweige der Birke, die sich zwischen den Terrassenstufen angesiedelt hat. Gegenüber, in Edlers Garten, fallen die Blätter der Blutbuche sanft und unendlich langsam zur Erde.

Manni unterbricht die Stille. Er will spielen. Bäcker will er spielen. Warum sonst hat er einen Sandkasten, in dem man die schönsten Brote und Torten ‚backen' kann.

Natürlich sind die anderen keine Spielverderber. „Wir haben heute", erklären Molli und Melli, die gemeinsam bei Manni erscheinen, „einen unbändigen Appetit auf Sandkuchen!"

„Bitte, bitte sehr, meine Damen", antwortet der kleine Bruder, „ich kann meinen Sandkuchen wirklich empfehlen."

Die Kinder kaufen soviel Sandkuchen, daß Manni, der Bäcker, gar nicht mit dem Backen nachkommt.

Später spielen sie Boccia. Es geht laut zu bei dem Ringen um die Medaillen, wie der Vater die Schokoladentaler nennt, die er an die Gewinner verteilt. So laut sogar, daß keiner den Besuch hört, der plötzlich vor ihnen steht: Tante Melanie und ihr Bräutigam Wilhelm.

Nun, was tut man, wenn Besuch kommt. Man plaudert, scherzt und lacht ein bißchen. Es gibt nichts Wichtigeres zu erzählen — Belanglosigkeiten nur, ein Wort vom Nachbarn, einen Satz vom Arbeitsplatz, einige Bemerkungen über die Kinder und wie sie sich in der Schule so machen: ‚Ja, ja... Da, schau her... Wer hätte das gedacht... Na, so einer...!'

Und dann fragt Tante Melanie: „Wo steckt denn euer Hund, der gute Mohrle? Ich habe ihn noch gar nicht gesehen heute."

„Ach", erklärt Melli den vermeintlichen Sachverhalt, „er hält eine Freunschaft mit einer Hundedame namens Lissi. Und die ist krank. Jetzt hockt er die ganze Zeit vor der Tür der Nachbarn."

Doch weiter kommt sie nicht, denn eben flitzt ihre Freundin Petra um die Ecke des Hauses und springt mit einem wahrhaft gekonnten Satz über den tiefen Zaun.

„Hallo, hallo!" schreit sie ganz aufgelöst, „wißt ihr schon das Neueste?" Aber sie wartet gar nicht auf Antwort. „Lissi hat eben vier kleine Pudel bekommen, zwei weiße und zwei schwarze!"

„Nein!" Die Kinder sind sprachlos.

„Doch! Und wißt ihr, wer der Vater der kleinen Pudel ist?"

„Woher?" fragt Markus. Aber da ahnt er auch schon, was Petra nun berichtet: „Mein Vater sagt, euer Mohrle, so!"

„Tja", unterbricht Herr Meinhardt den Jubel der Kinder, der nun aufsteigt wie ein mittleres Feuerwerk, „dann ist das ja heute tatsächlich mal ein außergewöhnlicher Familientag..."

Weitere Erlebnisse von Molli und Melli könnt ihr lesen in dem Buch:

Immer diese Zwillinge!